同题散文经典

陈子善 蔡翔 ◎ 编

怀鲁迅
我所见的叶圣陶

郁达夫 朱自清 等 ◎ 著

人民文学出版社

图书在版编目(CIP)数据

怀鲁迅 我所见的叶圣陶 / 郁达夫等著；陈子善，蔡翔编.
—北京：人民文学出版社，2017
（同题散文经典）
ISBN 978-7-02-012598-2

Ⅰ.①怀… Ⅱ.①郁… ②陈… ③蔡… Ⅲ.①散文集
-中国-现代 Ⅳ.①I266

中国版本图书馆 CIP 数据核字（2017）第 068832 号

责任编辑：叶显林 尚 飞
装帧设计：李 佳

出版发行 人民文学出版社
社 址 北京市朝内大街 166 号
邮政编码 100705
网 址 http://www.rw-cn.com

印 刷 山东德州新华印务有限责任公司
经 销 全国新华书店等

开 本 890 毫米×1240 毫米 1/32
印 张 7.75
插 页 2
字 数 170 千字
版 次 2011 年 10 月北京第 1 版
印 次 2017 年 7 月第 1 次印刷

书 号 978-7-02-012598-2
定 价 35.00 元

如有印装质量问题，请与本社图书销售中心调换。电话：010－65233595

编辑例言

　　中国素来是散文大国，古之文章，已传唱千世。而至现代，散文再度勃兴，名篇佳作，亦不胜枚举。散文一体，论者尽有不同解释，但涉及风格之丰富多样，语言之精湛凝练，名家又皆首肯之。因此，在时下"图像时代"或曰"速食文化"的阅读气氛中，重读散文经典，便又有了感觉母语魅力的意义。

　　本着这样的心愿，我们对中国现当代的散文名篇进行了重新的分类编选。比如，春、夏、秋、冬，比如风、花、雪、月等等。这样的分类编选，可能会被时贤议为机械，但其好处却在于每册的内容相对集中，似乎也更方便一般读者的阅读。

　　这套丛书将分批编选出版，并冠之以不同名称。选文中一些现代作家的行文习惯和用词可能与当下的规范不一致，为尊重历史原貌，一律不予更动。考虑到丛书主要面向一般读者，选文不再注明出处。由于编选者识见有限，挂一漏万在所难免，因此，遗珠之憾也将存在。这些都只能在编选过程中逐步弥补，敬请读者诸君多多指教。

目录

友

范爱农

◎鲁迅

在东京的客店里，我们大抵一起来就看报。学生所看的多是《朝日新闻》和《读卖新闻》，专爱打听社会上琐事的就看《二六新闻》。一天早晨，辟头就看见一条从中国来的电报，大概是：

"安徽巡抚恩铭被 Jo Shiki Rin 刺杀，刺客就擒。"

大家一怔之后，便容光焕发地互相告语，并且研究这刺客是谁，汉字是怎样三个字。但只要是绍兴人，又不专看教科书的，却早已明白了。这是徐锡麟，他留学回国之后，在做安徽候补道，办着巡警事务，正合于刺杀巡抚的地位。

大家接着就预测他将被极刑，家族将被连累。不久，秋瑾姑娘在绍兴被杀的消息也传来了，徐锡麟是被挖了心，给恩铭的亲兵炒食净尽。人心很愤怒。有几个人便秘密地开一个会，筹集川资；这时用得着日本浪人了，撕乌贼鱼下酒，慷慨一通之后，他便登程去接徐伯荪的家属去。

照例还有一个同乡会，吊烈士，骂满洲；此后便有人主张打电报到北京，痛斥满政府的无人道。会众即刻分成两派：一派要发电，一派不要发。我是主张发电的，但当我说出之后，即有一种钝滞的声音跟着起来：

"杀的杀掉了，死的死掉了，还发什么屁电报呢。"

这是一个高大身材，长头发，眼球白多黑少的人，看人总像在渺视。他蹲在席子上，我发言大抵就反对；我早觉得奇怪，注意着他的了，到这时才打听别人：说这话的是谁呢，有那么冷？认识的人告诉我说：他叫范爱农，是徐伯荪的学生。

我非常愤怒了，觉得他简直不是人，自己的先生被杀了，连打一个电报还害怕，于是便坚执地主张要发电，同他争起来。结果是主张发电的居多数，他屈服了。其次要推出人来拟电稿。

"何必推举呢？自然是主张发电的人啰——"他说。

我觉得他的话又在针对我，无理倒也并非无理的。但我便主张这一篇悲壮的文章必须深知烈士生平的人做，因为他比别人关系更密切，心里更悲愤，做出来就一定更动人。于是又争起来。结果是他不做，我也不做，不知谁承认做去了；其次是大家走散，只留下一个拟稿的和一两个干事，等候做好之后去拍发。

从此我总觉得这范爱农离奇，而且很可恶。天下可恶的人，当初以为是满人，这时才知道还在其次；第一倒是范爱农。中国不革命则已，要革命，首先就必须将范爱农除去。

然而这意见后来似乎逐渐淡薄，到底忘却了，我们从此也没有再见面。直到革命的前一年，我在故乡做教员，大概是春末时候罢，忽然在熟人的客座上看见了一个人，互相熟视了不过两三秒钟，我们便同时说：

"哦哦，你是范爱农！"

"哦哦，你是鲁迅！"

不知怎地我们便都笑了起来，是互相的嘲笑和悲哀。他眼睛还是那样，然而奇怪，只这几年，头上却有了白发了，但也许本来就有,我先前没有留心到。他穿着很旧的布马褂,破布鞋,显得很寒素。谈起自己的经历来,他说他后来没有了学费,不能再留学,便回来了。回到故乡之后,又受着轻蔑,排斥,迫害,几乎无地可容。现在是躲在乡下,教着几个小学生糊口。但因为有时觉得很气闷,所以也乘了航船进城来。

他又告诉我现在爱喝酒,于是我们便喝酒。从此他每一进城,必定来访我,非常相熟了。我们醉后常谈些愚不可及的疯话,连母亲偶然听到了也发笑。一天我忽而记起在东京开同乡会时的旧事,便问他:

"那一天你专门反对我,而且故意似的,究竟是什么缘故呢?"

"你还不知道? 我一向就讨厌你的——不但我,我们。"

"你那时之前,早知道我是谁么?"

"怎么不知道。我们到横滨,来接的不就是子英和你么?你看不起我们,摇摇头,你自己还记得么?"

我略略一想,记得的,虽然是七八年前的事。那时是子英来约我的,说到横滨去接新来留学的同乡。汽船一到,看见一大堆,大概一共有十多人,一上岸便将行李放到税关上去候查检,关吏在衣箱中翻来翻去,忽然翻出一双绣花的弓鞋来,便放下公事,拿着仔细地看。我很不满,心里想,这些鸟男人,怎么带这东西来呢。自己不注意,那时也许就摇了摇头。检验完毕,在客店小坐之后,即须上火车。不料这一群读书人又在客车上让起座位来了,甲要乙坐在这位上,乙要丙去坐,揖让未终,火车已开,车身一摇,即刻跌倒了三四个。我那时也很不满,暗地里想:连火车上的座位,他们也要分出尊卑来……自己不注意,也许又摇了摇头。然而那群雍容揖让的人物中就有范爱农，却直到这一天才想到。岂但他呢，说起来也惭愧，这一群里，还有后来在安徽战死的陈伯平烈士，被害的马宗汉烈士；被囚在黑狱里，到革命后才见天日而身上永带着匪刑的伤痕的也还有一两人。而我都茫无所知，摇着头将他们一并运上东京了。徐伯荪虽然和他们同船来，却不在这车上，因为他在神户就和他的夫人坐车走了陆路了。

我想我那时摇头大约有两回，他们看见的不知道是哪一回。让座时喧闹，检查时幽静，一定是在税关上的那一回了，试问爱农，果然是的。

“我真不懂你们带这东西做什么？是谁的？”

“还不是我们师母的？”他瞪着他多白的眼。

“到东京就要假装大脚，又何必带这东西呢？”

“谁知道呢？你问她去。”

到冬初，我们的景况更拮据了，然而还喝酒，讲笑话。忽然是武昌起义，接着是绍兴光复。第二天爱农就上城来，戴着农夫常用的毡帽，那笑容是从来没有见过的。

“老迅，我们今天不喝酒了。我要去看看光复的绍兴。我们同去。”

我们便到街上去走了一通，满眼是白旗。然而貌虽如此，内骨子是依旧的，因为还是几个旧乡绅所组织的军政府，什么铁路股东是行政司长，钱店掌柜是军械司长……这军政府也到底不长久，几个少年一嚷，王金发带兵从杭州进来了，但即使不嚷或者也会来。他进来以后，也就被许多闲汉和新进的革命党所包围，大做王都督。在衙门里的人物，穿布衣来的，不上十天也大概换上皮袍子了，天气还并不冷。

我被摆在师范学校校长的饭碗旁边，王都督给了我校款二百元。爱农做监学，还是那件布袍子，但不大喝酒了，也很少有工夫谈闲天。他办事，兼教书，实在勤快得可以。

"情形还是不行，王金发他们。"一个去年听过我的讲义的少年来访问我，慷慨地说，"我们要办一种报来监督他们。不过发起人要借用先生的名字。还有一个是子英先生，一个是德清先生。为社会，我们知道你决不推却的。"

我答应他了。两天后便看见出报的传单，发起人诚然是三个。五天后便见报，开首便骂军政府和那里面的人员；此后是骂都督，都督的亲戚，同乡，姨太太……

这样地骂了十多天，就有一种消息传到我的家里来，说都督因为你们诈取了他的钱，还骂他，要派人用手枪来打死你们了。

别人倒还不打紧，第一个着急的是我的母亲，叮嘱我不要再出去。但我还是照常走，并且说明，王金发是不来打死我们的，他虽然绿林大学出身，而杀人却不很轻易。况且我拿的是校款，这一点他还能明白的，不过说说罢了。

果然没有来杀。写信去要经费，又取了二百元。但仿佛有些怒意，同时传令道：再来要，没有了！

不过爱农得到了一种新消息，却使我很为难。原来所谓"诈取"者，并非指学校经费而言，是指另有送给报馆的一笔款。报纸上骂了几天之后，王金发便叫人送去了五百元。于是乎我们的少年们便开起会议来，第一个问题是：收不收？决议曰：收。第二个问题是：收了之后骂不骂？决议曰：骂。理由是：收钱之后，他是股东；股东不好，自然要骂。

我即刻到报馆去问这事的真假。都是真的。略说了几句不该收他钱的话，一个名为会计的便不高兴了，质问我道：

"报馆为什么不收股本?"

"这不是股本……。"

"不是股本是什么?"

我就不再说下去了,这一点世故是早已知道的,倘我再说出连累我们的话来,他就会面斥我太爱惜不值钱的生命,不肯为社会牺牲,或者明天在报上就可以看见我怎样怕死发抖的记载。

然而事情很凑巧,季茀写信来催我往南京了。爱农也很赞成,但颇凄凉,说:

"这里又是那样,住不得。你快去罢……"

我懂得他无声的话,决计往南京。先到都督府去辞职,自然照准,派来了一个拖鼻涕的接收员,我交出账目和余款一角又两铜元,不是校长了。后任是孔教会会长傅力臣。

报馆案是我到南京后两三个星期了结的,被一群兵们捣毁。子英在乡下,没有事;德清适值在城里,大腿上被刺了一尖刀。他大怒了。自然,这是很有些痛的,怪他不得。他大怒之后,脱下衣服,照了一张照片,以显示一寸来宽的刀伤,并且做一篇文章叙述情形,向各处分送,宣传军政府的横暴。我想,这种照片现在是大约未必还有人收藏着了,尺寸太小,刀伤缩小到几乎等于无,如果不加说明,看见的人一定以为是带些疯气的风流人物的裸体照片,倘遇见孙传芳大帅,还怕要被禁止的。

我从南京移到北京的时候,爱农的学监也被孔教会会长的校长设法去掉了。他又成了革命前的爱农。我想为他在北京寻一点小事做,这是他非常希望的,然而没有机会。他后来便到一个熟人的家里去寄食,也时时给我信,景况愈困穷,言辞也愈凄苦。终于又非走出这熟人的家不可,便在各处飘浮。不久,忽然从同乡那里得到一个消息,说他已经掉在水里,淹死了。

我疑心他是自杀。因为他是浮水的好手,不容易淹死的。

夜间独坐在会馆里,十分悲凉,又疑心这消息并不确,但无端又觉得这是极其可靠的,虽然并无证据。一点法子都没有,只做了四首诗,后来曾在一种日报上发表,现在是将要忘记完了。只记得一首里的六句,起首四句是:"把酒论天下,先生小酒人。大圜犹酩酊,微醉合沉沦。"中间忘掉两句,末了是:"旧朋云散尽,余亦等轻尘。"

后来我回故乡去,才知道一些较为详细的事。爱农先是什么事也没得做,因为大家讨厌他。他很困难,但还喝酒,是朋友请他的。他已经很少和人们来往,常见的只剩下几个后来认识的较为年青的人了,然而他们似乎也不愿意多听他的牢骚,以为不如讲笑话有趣。

"也许明天就收到一个电报,拆开来一看,是鲁迅来叫我的。"他时常这样说。

一天,几个新的朋友约他坐船去看戏,回来已过夜半,又是大风雨,他醉着,却偏要到船舷上去小解。大家劝阻他,也不听,自己说是不会掉下去的。但他掉下去了,虽然能浮水,却从此不起来。

第二天打捞尸体,是在菱荡里找到的,直立着。

我至今不明白他究竟是失足还是自杀。

他死后一无所有,遗下一个幼女和他的夫人。有几个人想集一点钱作他女孩将来的学费的基金,因为一经提议,即有族人来争这笔款的保管权——其实还没有这笔款——大家觉

范爱农

得无聊,便无形消散了。

　　现在不知他唯一的女儿景况如何? 倘在上学,中学已该毕业了罢。

11 月 18 日

(1926 年)

吊刘叔和

◎徐志摩

一向我的书桌上是不放相片的。这一月来有了两张,正对我的座位,每晚更深时就只他们俩看着我写,伴着我想。院子里偶尔听着一声清脆,有时是虫,有时是风卷败叶,有时我想象是我们亲爱的故世人从坟墓的那一边吹过来的消息。伴着我的一个是小,一个是"老":小的就是我那三月间死在柏林的彼得,老的是我们钟爱的刘叔和,"老老"。彼得坐在他的小皮椅上,抿紧着他的小口,圆睁着一双秀眼,仿佛性急要妈拿糖给他吃,多活灵的神情!但在他右肩空白上分明题着这几行小字:"我的小彼得,你在时我没福见你,但你这可爱的遗影应该可以伴我终身了。"老老是新长上几根看得见的上唇须在他那件常穿的缎褂里欠身坐着,严正在他的眼内,和蔼在他的口颔间。

让我来看。有一天我邀他吃饭,他来电说病了不能来,顺便在电话中他说起我的彼得。(在襁褓时的彼得,叔和在柏林也曾见过。)他说我那篇悼儿文做得不坏;有人素来看不起我的笔墨的,他说,这回也相当地赞许了。我此时还分明记得他那天通电时着了寒发沙的嗓音!我当时回他说多谢你们夸奖,但我却觉得凄惨因为我同时不能忘记那篇文字的代价,是我自己的爱儿。过了几天适之来说"老老病了,并且他那病相不好,方才我去看他,他说适之我的日子已经是可数的了"。他那时住在皮宗石家里。我最后见他的一次,他已在医院里。他那神色真是不好,我出来就对人讲,他的病中医叫做湿瘟,并且我分明认得它,他那眼内的钝光,面上的涩色,一年前我那表兄沈叔薇弥留时我曾经见过——可怕的认识,这侵蚀生命的病征。可怜少鳏的老老,这时候病榻前竟没有温存的看护;我与他说笑:"至少在病苦中有妻子毕竟强似没妻子,老老,你不懊丧续弦不及早吗?"那天我喂了他一餐,他实在是动弹不得;但我向他道别的时候,我真为他那无告的情形不忍。(在客地的单身朋友们,这是一个切题的教训,快些成家,不要过于挑剔了吧:你放平在病榻上时才知道没有妻子的悲惨!——到那时,比如叔和,可就太晚了。)

　　叔和没了。但为你,叔和,我却不曾掉泪。这年头也不知怎的,笑自难得,哭也不得容易。你的死当然是我们的悲痛,但转念这世上惨淡的生活其实是无可沾恋,趁早隐了去,谁说一定不是可羡慕的幸运?况且近年来我已经见惯了死,我再也不觉着它的可怕。可怕是这烦嚣的尘世:蛇蝎在我们的脚下,鬼祟在市街上,霹雳在我们的头顶,噩梦在我们的周遭。在这伟大的迷阵中,最难得的是遗忘;只有在简短的遗忘时我们才有机会恢复呼吸的自由与心神的愉快。谁说死不就是个悠久的遗忘的境界?谁说墓窟不就是真解放的进门?

　　但是随你怎样看法,这生死间的隔绝,终究是个无可奈何的事实,死去的不能复活,活着的不能到坟墓的那一边去探望。到绝海里去探险我们得合伙,在大漠里游行我们得结伴;我们到世上来做人,归根说,还不只是惴惴地来寻访几个可以共患难的朋友,这人生有时比绝海更凶险,比大漠更荒凉,要不是这点子友谊的同情我第一个就不敢向前迈步了。叔和真是我们的一个。他的性情是不可信的温和，"顶好说话的老老"；但他每当论事，却又绝对地不苟同，他的议论，在他起劲时，就比如山壑间雨后的乱泉，石块压不住它，蔓草掩不住它。谁不记得他那永远带伤风的嗓音，他那永远不平衡的肩背，他那怪样的激昂的神情？通伯在他那篇《刘叔和》里说起当初在海外老老与傅孟真的豪辩，有时竟连"呐呐不多言"的他，也"免不了加入他们的战队"。这三位衣常敝，履无不穿的"大贤"在伦敦东南隅的陋巷，点煤气油灯的斗室里，真不知有多少次借光柏拉图与卢骚与斯宾塞的迷力，欺骗他们告空虚的肠胃——至少在这一点他们三位是一致同意的！但通伯却忘了告诉我们他自己每回加入战团时的特别情态，我想我应得替他补白。我方才用乱泉比老老，但我应得说他是一窜野火，焰头是斜着去的；傅孟真，不用说，更是一窜野火，更猖獗，焰头是斜着来的；这一去一来就发生了不得开交的冲突。在他们最不得开交时劈头下去了一瓢冷水，雨窜野火都吃了惊，暂时翳了回去。那一瓢冷水就是通伯；他是出名浇冷水的圣手。

阿，那些过去的日子！枕上的梦痕，秋雾里的远山。我此时又想起初渡太平洋与大西洋时的情景了。我与叔和同船到美国，那时还不熟；后来同在纽约一年差不多每天会面的，但最不可忘的是我与他同渡大西洋的日子。那时我正迷上尼采，开口就是那一套沾血腥的字句。

我仿佛跟着查拉图斯脱拉登上了哲理的山峰，高空清气在我的肺里，杂色的人生横亘在我的眼下。船过必司该海湾的那天，天时骤然起了变化：岩片似的黑云一层层累叠在船的头顶，不漏一丝天光，海也整个翻了，这里一座高山，那边一个深谷,上腾的浪尖与下垂的云爪相互地纠拿着;风是从船的侧面来的,夹着钱梗似粗的暴雨,船身左右侧地倾欹着。这时候我与叔和在水发的甲板上往来地走——哪里是走,简直是滚,多强烈的震动!霎时间雷电也来了,铁青的云板里飞舞着万道金蛇。涛响与雷声震成了一片喧阗,大西洋险恶的威严在这风暴中尽情地披露了"人生",我当时指给叔和说,"有时还不止这凶险,我们有胆量进去吗?"那天的情景益发激动了我们的谈兴,从风起直到风定,从下午直到深夜,我分明记得,我们俩在沉酣的论辩中遗忘了一切。

今天国内的状况不又是一幅大西洋的天变?我们有胆量进去吗?难得是少数能共患难的旅伴;叔和,你是我们的一个,如何你等不得浪静就与我们永别了?叔和,说他的体气,早就是一个弱者;但如其一个不坚强的体壳可以包容一团坚强的精神,叔和就是一个例。叔和生前没有仇人,他不能有仇人;但他自有他不能容忍的对象:他恨混淆的思想,他恨腌臜的人事。他不轻易斗争;但等他认定了对敌出手时,他是最后回头的一个。叔和,我今天又上了风雨中的甲板,我不能不悼惜我侣伴的空位!

10 月 15 日

忆淑敏

◎冰心

不成问题的病,将一个精神躯壳两不感痛苦的我,闭置在寂然的空谷里。没有呻吟和忧虑,使我稍顾到我自己,整天的光阴,只有消磨在隐几和看山中了。

一百五十天的看山,直看到不成图画。一春的听鸟语,直听到不成音乐。明月清风,都成了家常便饭。淡了世情的人,要逃出世外;而淡到了"世外的情"的人,便当如何?

此时的我,恰如站在洞口,望着黏天的海波,胸怀与这浩荡深阔的海天俱化,迷茫中悦然自惊。自己竟不知这久久的凝神,使心思滤到这般的空虚。是个"人"就当有"人事"。这空虚的心怀,是仙鬼之间的景况!没有一些"人事"来镇压住这飘弱的躯壳,这汪洋的海波,要欣然地卷上来,挟带我到青碧万丈的渊底去。

连忙回转,我看见了一层层圆穹的洞府,一圈比一圈小的重叠到无尽。这一圈圈的深刻之痕,回顾处有的使我喜欢,有的使我酸楚……

何其无味?单调的环境,悠闲的白日,使我的心思一天一天的沉潜内敛,除却回忆,没有别的念头,幸而还是欢乐时多,酸楚时少。——但我忆起淑敏时却是例外!

中学时代的情绪，如鸟试翼，如花初开，觉得友谊是无上的快乐。淑敏和我，就是那时相识的——虽然我们并不是最好的朋友。

头一次见她，是在音乐教室里，一个同学拉着我到她面前去，一面说："你是瑞的朋友，她也是瑞的朋友，你们是联友呵！"那时我也腼腆，她也忸怩，只含糊说了几句话。

此后花间草场上的散步，自然不止一次，也没有什么很深刻的回忆。只有一回，她有一件规劝我的事，又不肯当面说。拉我出去走走，却塞了一张纸，在我手里。我到课室里展开看，悚然惊感，从此我视她为畏友。这是她的一端隐德，但可怜这事，现在只有抱病的我知道了！

我们并不是晨夕相随的，一切都极其模糊。最清晰的就是去年的事。自中学别后的第五年，我们又在大学里相见。功课不同，在一处的时候自然少了，看友情一天比一天淡的我，也竟不曾匀出工夫去找她。有一次在图书室里，一个同学笑对我说："我们问淑敏：'你和婉莹怎样了。'她摇头笑道：'罢，罢，我不敢惹她大学生！'"我听后也笑了，只觉得她很稚气。——第二天又在图书室里，她在看报，我正找一张纸找不着，我问说："对不起，淑敏，看见我的一张纸没有？"她抬头笑了，说："没有。"我说："你把报纸拿起来，也许压在底下。"她拿起报纸来，果然发现了那张纸。我明知不是她藏起来的，却故意说："一定是你藏起来的，叫我好找！"——这是我们在大学里，除了招呼匆匆以外的第一次也是最末次的谈话。

因着她说"不敢惹大学生"一句话，我恐我的神情里，含有可使她觉得隔膜的去处。然而时间毕竟如逝水，童心一去不可回，我虽然努力欢笑，情景已不似从前了。默默对坐了一会,我心里尽着回想五年前无猜憨稚的光阴。图书室里不许说话,我也不想说话,心中忽忽地充满了热情消失的悲哀!

有一天从男校回到女校来,门前遇见运,我问她到那里去,她说:"到预王府看淑敏去。"我惊道:"她病了么?——替我问她好。"我想一灾二病是人所常有的,并没有将这事放在心里。

第二天在男校的女生休息室里,一位同学怆然地告诉我说:"淑敏死了!"我忽然起了寒噤,走到窗前,外望天空如墨,我默然……

她的一生,在我眼里的,只是这些事了!

许多同学哭了,我却未曾流下一滴泪。我也不曾去送葬,从同仁医院归来的路上,遇有了许多送葬回来,低头叹息的同学,我也不觉得惭愧;虽然我忍心以轸送她的时间,去察验我自己无病的双眼。

和她只相处一年的同学,还为她作了祭文,仅仅知道她名字的同学,也为她哀悼。然而我不曾为她写一个字!

我坦然,我没有对不起她,我准知道我们的友情有沉挚的再现之一瞥。我知道在她刚刚离世之时,心中忙乱昏忽的我,如有什么文字,文字未必是从我心中写出来的。那文字只是遮掩生者的耳目,并非是对死者的哀慕。

我由着她去,非等到我心中潜藏的旧谊,重新将她推现到我眼前时,我决不想写关于她的一个字。

今天便是那时候了!淑敏是个好女儿,好学生,是我眼中心中的一个很可爱的人。虽然我知道她并不比别人真切,我却晓得她如不死,她的家庭,学校,社会,都要受她很大的影响。她死了,这三方面是倾折了一根石柱——我信我对她不能有更高的赞美了。

近来因着病,常常想到"病"的第二步。我想淑敏在"死"的屏风后,是止水般的不起什么,而她的"死"却贻留她的友人以一瞥间一瞥间的心潮动荡。然而——大家也是如此,这一动荡也如水之波动,是互相传递的……

这是她死后一年,我心中旧谊的第一次再现,我忠实地写下来。青山是寂静,松林是葱绿,阳光没入云里,和她去年的死日一样的阴郁,我信这是追悼她的最适宜最清洁的环境。病余的弱腕,不停地为情绪支使了两点钟。去年的泪,今日才流。假如天上人间的她和我,相知之深,仍如十五六岁的儿童时代,这篇一年后的追思文字,我信她要恳挚地,含泪地接受了!

4月,基督殉爱日,1942。沙穰,美国

鲁迅忌日忆殷夫

◎阿英

　　为着想再写点什么来纪念鲁迅先生逝世二十周年,我又把《鲁迅全集》翻了一遍。当接触到有关殷夫(白莽)同志两篇纪念文字的时候,心里感觉着有些说不出的沉滞。我想,如果殷夫同志他还活着,现在已经是四十多岁,在政治上很成熟的人了。然而,竟还像鲁迅先生所说:"他的年青的相貌就又在我的眼前出现,像活着一样。"在我的心里,他还是很年青。

　　鲁迅先生回忆他:"热天穿着大棉袍,满脸油汗,笑笑地对我说道:这是第三回了。自己出来的。"而我,从这叙述里,却看到了这对面说话的两个人;他们的音容神态,如面对时那样地吸引着我。但他们离开人世,一位已经是二十年,一位是二十六个年头了。

　　殷夫同志,在我们中间是年纪最轻的,我们总是把他当"小弟弟"看待,非常地喜爱他。因此,他留给我们的苦痛也最深。牺牲了的同志很多,只有他是更多地出现在回忆之中。记得我和他的相识,是在第一次大革命失败以后,是一九二八年的春天。那时他在吴淞同济大学读书。

　　《太阳月刊》是这年一月开始出版的。就在创刊号发行不几天,我们收到了一束诗稿,署名是殷夫。我立刻被这些诗篇激动了,是那样充满着热烈的革命感情。从附信里也证实了他是"同志"。于是，我不自觉地提起笔，写了复信，约他来上海。还很快地，以非常惊喜的心情，告诉了光慈、孟超和其他同志。这就是发表在《太阳月刊》上的殷夫同志的第一组诗。

在约定的日子，他果然按时到了我指定的地点。我们见到他那样年轻，真是说不出的愉快。他内心也很激动，几乎一见面就要叫了起来。我们立即把他拉到邻近的一家广东茶座。他，和鲁迅先生所记一样，"面貌很端正，颜色是黑黑的"，中等身材，留着短发。这一天穿着西装，但并不新，是深色。

我们在茶楼谈的很多。在谈话中，他有时给我们以羞涩的感觉，就更衬托出他的年青和纯朴。从这次谈话中，我们知道他曾经被捕，现在学校的环境对他也不利，但他还是想坚持在这里学好德文。知道他和在蒋介石那边哥哥的关系，说他哥哥怕他革命，总想把他带在身边。更多地，是谈他的诗，他的写作生活，当时的文学活动。他说话时总是很沉静，声音相当低，像在秘密会议场子里一样。句子很短，很明快，也很诚恳。完全显示出革命者的朴素风格。情况，和鲁迅先生的初次会见迥不相同，这主要恐怕是由于党的关系吧。

从这时起，他就成了太阳社社员，经常地给我们刊物写稿。自一九二八到一九三一年，我们先办《太阳月刊》，被国民党查禁后，改名《时代文艺》，以后又改名《新流月报》，左联成立后办《拓荒者》，他都是经常的撰稿人。由于我实际负责编辑，和他的接触也最多。大约同济的环境对他愈来愈不利，到一九二九年，就离开了那里，回到团内工作。他参加了《列宁青年》的编辑。

他在《列宁青年》上发表的稿件很多，我所见到的有诗、散文、政论和翻译。当我见到他从俄文翻译过来的文稿时，我很惊奇,因为我知道他懂英文、德文,没有学过俄文。后来遇到他,才知道他又学了五个月的俄文,结果竟能进行翻译了。我感到他真是一个天才,几乎想把他抱了起来。我很得意地把这情况告诉了很多同志。

我记得和他最后一次的见面,是在他被捕前不久,约当一九三〇年的冬天。这一回约定见面的地点,大约是四马路一家书店。他这一回穿的是长袍,是深灰色的。天很冷,他把两手插在西装裤里,里面是套颈的深红羊毛衫。就这样,我们从四马路谈到五马路、六马路,又谈了回来,往返了不少次,我记得总有两小时光景。谈些什么,我已经记不起了,总之,彼此谈得很有兴致,中间还夹着愤慨。一直到两个人都走得很疲乏,才恋恋不舍地分开。

以后我就再没有见到他了。一直到他被捕后几天,才由他的好友柯涟同志来通知我。柯涟同志那时好像是在江苏省委工作,也曾给我们写过稿。他告诉我,殷夫同志那天由外面回来,看到冯铿同志留条,就按那地址去开会,走进去就被捕了。告诉我,殷夫同志的住处已被捕房找到了,留了人在那里监守。我急急地问他殷夫同志的原稿,他说没有拿出,有好几本诗集,里面有一本完全是为柯涟同志写的。我要柯涟同志通过房东去设法。但结果,没有办法能接近房东,不久捕房就把所有的东西拿走了。而柯涟同志,他的好朋友,也在不久以后,遭受到国民党的逮捕,被枪杀了。

殷夫同志牺牲的日子,是一九三一年二月七日(他生于一九〇九年)。据我当时所听到他们牺牲的情况是这样:他们本关在上海龙华国民党警备司令部监狱里,这一晚他们突然被带到后园,逼他们背墙排立,残酷地用机枪向他们进行扫射,他们意识到是牺牲的时候，就英勇地喊着口号倒下去。以后就被埋在预掘的几个坑里。当时什么消息都没有透露出来。

鲁迅先生对殷夫同志他们的牺牲，从"忍看朋辈成新鬼，怒向刀丛觅小诗"的诗句里，是反映了他极度的愤慨。从回忆里，也可以看到他对殷夫同志的爱护。鲁迅先生爱殷夫同志，爱鲁迅先生的也莫不爱殷夫同志。我们的同志更无一不爱殷夫同志。在鲁迅先生的纪念日子里，来回忆一下殷夫同志，鲁迅先生死而有灵，当也是很欣慰的吧。

我们将永不会忘却鲁迅先生悲愤的诗句，和殷夫同志响亮的预言：

> 未来的世界是我们的，
> 没有刽子手断头台绞得死历史的演递。
>
> ——殷夫《一九二九年的五月一日》

1956 年

悼志摩

◎林徽因

    十一月十九日我们的好朋友,许多人都爱戴的新诗人,徐志摩突兀地,不可信地,惨酷地,在飞机上遇险而死去。这消息在二十日的早上像一根针刺猛触到许多朋友的心上,顿使那一早的天墨一般地昏黑,哀恸的咽哽锁住每一个人的嗓子。

    志摩……死……谁曾将这两个句子联在一处想过!他是那样活泼的一个人,那样刚刚站在壮年的顶峰上的一个人。朋友们常常惊讶他的活动,他那像小孩般的精神和认真,谁又会想到他死?

    突然地,他闯出我们这共同的世界,沉入永远的静寂,不给我们一点预告,一点准备,或是一个最后希望的余地。这种几乎近于忍心的决绝,那一天不知震麻了多少朋友的心?现在那不能否认的事实,仍然无情地挡住我们前面。任凭我们多苦楚地哀悼他的惨死,多迫切地希冀能够仍然接触到他原来的音容,事实是不会为体贴我们这悲念而有些许更改;而他也再不会为不忍我们这伤悼而有些许活动的可能!这难堪的永远静寂和消沉便是死的最残酷处。

    我们不迷信的,没有宗教的望着这死的帏幕,更是丝毫没有把握。张开口我们不会呼吁,闭上眼不会入梦,徘徊在理智和情感的边沿,我们不能预期后会,对这死,我们只是永远发怔,吞咽枯涩的泪,待时间来剥削这哀恸的尖锐,痂结我们每次悲悼的创伤。那一天下午初得到消息的许多朋友不是全跑到胡适之先生家里么? 但是除却拭泪相对,默然围坐外,谁也没有主意,谁也不知有什么话说,对这死!

谁也没有主意,谁也没有话说! 事实不容我们安插任何的希望,情感不容我们不伤悼这突兀的不幸,理智又不容我们有超自然的幻想! 默然相对,默然围坐……而志摩则仍是死去没有回头,没有音讯,永远地不会回头,永远地不会再有音讯。

我们中间没有绝对信命运之说的,但是对着这不测的人生,谁不感到惊异,对着那许多事实的痕迹又如何不感到人力的脆弱,智慧的有限。世事尽有定数? 世事尽是偶然? 对这永远的疑问我们什么时候能有完全的把握?

在我们前边展开的只是一堆坚质的事实:

"是的,他十九晨有电报来给我……

"十九早晨,是的! 说下午三点准到南苑,派车接……

"电报是九时从南京飞机场发出的……

"刚是他开始飞行以后所发……

"派车接去了,等到四点半……说飞机没有到……

"没有到……航空公司说济南有雾……很大……"只是一个钟头的差别;下午三时到南苑,济南有雾! 谁相信就是这一个钟头中便可以有这么不同事实的发生,志摩,我的朋友!

他离平的前一晚我仍见到,那时候他还不知道他次晨南旅的,飞机改期过三次,他曾说如果再改下去,他便不走了的。我和他同由一个茶会出来,在总布胡同口分手。在这茶会里我们请的是为太平洋会议来的一个柏雷博士,因为他是志摩生平最爱慕的女作家曼殊斐儿的姊丈,志摩十分地殷勤;希望可以再从柏雷口中得些关于曼殊斐儿早年的影子,只因限于时间,我们茶后匆匆地便散了。晚上我有约会出去了,回来时很晚,听差说他又来过,适遇我们夫妇刚走,他自己坐了一会儿,喝了一壶茶,在桌上写了些字便走了。我到桌上一看:——

"定明早六时飞行,此去存亡不卜……"我怔住了,心中一阵不痛快,却忙给他一个电话。

"你放心,"他说,"很稳当的,我还要留着生命看更伟大的事迹呢,那能便死?……"

话虽是这样说,他却是已经死了整两周了!

凡是志摩的朋友,我相信全懂得,死去他这样一个朋友是怎么一回事!

现在这事实一天比一天更结实,更固定,更不容否认。志摩是死了,这个简单惨酷的实际早又添上时间的色彩,一周,两周,一直地增长下去……

我不该在这里语无伦次地尽管呻吟我们做朋友的悲哀情绪。归根说,读者抱着我们文字看,也就是像志摩的请柏雷一样,要从我们口里再听到关于志摩的一些事。这个我明白,只怕我不能使你们满意,因为关于他的事,动听的,使青年人知道这里有个不可多得的人格存在的,实在太多,绝不是几千字可以表达得完。谁也得承认像他这样的一个人世间便不轻易有几个的,无论在中国或是外国。

我认得他,今年整十年,那时候他在伦敦经济学院,尚未去康桥。我初次遇到他,也就是他初次认识到影响他迁学的逖更生先生。不用说他和我父亲最谈得来,虽然他们年岁上差别不算少，一见面之后便互相引为知己。他到康桥之后由逖更生介绍进了皇家学院。当时和他同学的有我姊丈温君源宁。一直到最近两月中源宁还常在说他当时的许多笑话，虽然说是笑话，那也是他对志摩最早的一个惊异的印象。志摩认真的诗情，绝不含有丝毫矫伪，他那种痴，那种孩子似的天真实能令人惊讶。源宁说，有一天他在校舍里读书，外边下了倾盆大雨——唯是英伦那样的岛国才有的狂雨——忽然他听到有人猛敲他的房门，外边跳进一个被雨水淋得全湿的客人。不用说他便是志摩，一进门一把扯着源宁向外跑，说快来我们到桥上去等着。这一来把源宁怔住了，他问志摩等什么在这大雨里。志摩睁大了眼睛，孩子似的高兴地说"看雨后的虹去"。源宁不止说他不去，并且劝志摩趁早将湿透的衣服换下，再穿上雨衣出去，英国的湿气岂是儿戏。志摩不等他说完，一溜烟地自己跑了！

以后我好奇地曾问过志摩这故事的真确，他笑着点头承认这全段故事的真实。我问：那么下文呢，你立在桥上等了多久，并且看到虹了没有？他说记不清，但是他居然看到了虹。我诧异地打断他对那虹的描写，问他：怎么他便知道，准会有虹的。他得意地笑答我说："完全诗意的信仰！"

"完全诗意的信仰"，我可要在这里哭了！也就是为这"诗意的信仰"他硬要借航空的方便达到他"想飞"的宿愿！"飞机是很稳当的，"他说，"如果要出事那是我的运命！"他真对运命这样完全诗意的信仰！

志摩我的朋友，死本来也不过是一个新的旅程，我们没有到过的，不免过分地怀疑，死不定就比这生苦。"我们不能轻易断定那一边没有阳光与人情的温慰"，但是我前边说过最难堪的是这永远的静寂。我们生在这没有宗教的时代,对这死实在太没有把握了。这以后许多思念你的日子,怕要全是昏暗的苦楚,不会有一点点光明,除非我也有你那美丽的诗意的信仰!

我个人的悲绪不竟又来扰乱我对他生前许多清晰的回忆,朋友们原谅。

诗人的志摩用不着我来多说,他那许多诗文便是估价他的天平。我们新诗的历史才是这样的短,恐怕他的判断人尚在我们儿孙辈的中间。我要谈的是诗人之外的志摩。人家说志摩的为人只是不经意的浪漫,志摩的诗全是抒情诗,这断语从不认识他的人听来可以说很公平,从他朋友们看来实在是对不起他。志摩是个很古怪的人,浪漫固然,但他人格里最精华的却是他对人的同情,和蔼,和优容;没有一个人他对他不和蔼,没有一种人,他不能优容,没有一种的情感,他绝对地不能表同情。我不说了解,因为不是许多人爱说志摩最不解人情么?我说他的特点也就在这上头。

我们寻常人就爱说了解;能了解的我们便同情,不了解的我们便很落寞乃至于酷刻。表同情于我们能了解的,我们以为很适当;不表同情于我们不能了解的,我们也认为很公平。志摩则不然,了解与不了解,他并没有过分地夸张,他只知道温存,和平,体贴,只要他知道有情感的存在,无论出自何人,在何等情况之下,他理智上认为适当与否,他全能表几分同情,他真能体会原谅他人与他自己不相同处,从不会刻薄地单支出严格的迫仄的道德的天平指摘凡是与他不同的人。他这样的温和,这样的优容,真能使许多人惭愧,我可以忠实地说,至少他要比我们多数的人伟大许多;他觉得人类各种的情感动作全有它不同的,价值放大了的人类的眼光,同情是不该只限于我们划定的范围内。他是对的,朋友们,归根说,我们能够懂得几个人,了解几桩事,几种情感?哪一桩事,哪一个人没有多面的看法!为此说来志摩朋友之多,不是个可怪的事;凡是认得他的人不论深浅对他全有特殊的感情,也是极自然的结果。而反过来看他自己在他一生的过程中却是很少得着同情的。不止如是,他还曾为他的一点理想的愚诚几次几乎不见容于社会。但是他却未曾为这个而鄙吝他给他人的同情心,他的性情,不曾为受了刺激而转变刻薄暴戾过,谁能不承认他几有超人的宽量。

志摩的最动人的特点,是他那不可信的纯净的天真,对他的理想的愚诚,对艺术欣赏的认真,体会情感的切实,全是难能可贵到极点。他站在雨中等虹,他甘冒社会的大不韪争他的恋爱自由;他坐曲折的火车到乡间去拜哈代,他抛弃博士一类的引诱卷了书包到英国,只为要拜罗素做老师,他为了一种特异的境遇,一时特异的感动,从此在生命途中冒险,从此抛弃所有的旧业,只是尝试写几行新诗——这几年新诗尝试的运命并不太令人踊跃,冷嘲热骂只是家常便饭——他常能走几里路去采几茎花,费许多周折去看一个朋友说两句话;这些,还有许多,都不是我们寻常能够轻易了解的神秘。我说神秘,其实竟许是傻,是痴!事实上他只是比我们认真,虔诚到傻气,到痴!他愉快起来他的快乐的翅膀可以碰得到天,他忧伤起来,他的悲戚是深得没有底。寻常评价的衡量在他手里失了效用,利害轻重他自有他的看法,纯是艺术的情感的脱离寻常的原则,所以往常人常听到朋友们说到他总爱带着嗟叹的口吻说:“那是志摩,你又有什么法子!”他真的是个怪人么?朋友们,不,一点都不是,他只是比我们近情,近理,比我们热诚,比我们天真,比我们对万物都更有信仰,对神,对人,对灵,对自然,对艺术!

朋友们,我们失掉的不止是一个朋友,一个诗人,我们丢掉的是个极难得可爱的人格。

至于他的作品全是抒情的么?他的兴趣只限于情感么?更是不对。志摩的兴趣是极广泛的。就有几件,说起来,不认得他的人便要奇怪。他早年很爱数学,他始终极喜欢天文,他对天上星宿的名字和部位就认得很多,最喜暑夜观星,好几次他坐火车都是带着关于宇宙的科学的书。他曾经疯过爱因斯坦的相对论,并且在一九二二年便□□□篇关于相对论的东西登在《民铎》杂志上。他常向思成说笑:"任公先生的相对论的知识还是从我徐君志摩大作上得来的呢,因为他说他看过许多关于爱因斯坦的哲学都未曾看懂,看到志摩的那篇才懂了。"今夏我在香山养病,他常来闲谈,有一天谈到他幼年上学的经过和美国克莱克大学两年学经济学的景况,我们不禁对笑了半天,后来他在他的《猛虎集》的"序"里也说了那么一段。可是奇怪的!他不像许多天才,幼年里上学,不是不及格,便是被斥退,他是常得优等的,听说有一次康乃尔暑校里一个极严的经济教授还写了信去克来克□□教授那里恭维他的学生,关于一门很难的功课。我不是为志摩在这里夸张,因为事实上只有为了这桩事,今夏志摩自己便笑得不亦乐乎!

此外他的兴趣对于戏剧绘画都□深厚,戏剧不用说,与诗文是那么接近,他领略绘画的天才也颇可观,后期印象派的几个画家,他都有极精密的爱恶,对于文艺复兴时代那几位,他也很熟悉,他最爱鲍提且利和达文鹙□然他也常承认文人喜画常是间接地受了别人论文的影响,他的,就受了法兰

(Roger Fry)和斐德(Walter Pater)的不少。对于建筑审美他常常对思成和我道歉说:"太对不起,我的建筑常识全是 Ruskins 那一套。"他知道我们是最讨厌 Ruskins 的。但是为看一个古建的残址,一块石刻,他比任何人都热心,都更能静心领略。

他喜欢色彩,虽然他自己不会作画,暑假里他曾从杭州给我几封信,他自己叫它们作"描写的水彩画",他用英文极细致地写出西(边?)桑田的颜色,每一分嫩绿,每一色鹅黄,他都仔细地观察到。又有一次他望着我园里一带断墙半晌不语,过后他告诉我说,他正在默默体会,想要描写那墙上向晚的艳阳和刚刚入秋的藤萝。

对于音乐,中西的他都爱好,不止爱好,他那种热心便唤醒过北京一次——也许唯一的一次——对音乐的注意。谁也忘不了那一年,客拉司拉到北平在"真光"拉一个多钟头的提琴。对旧剧他也得算"在行",他最后在北平那几天我们曾接连地同去听好几出戏,回家时我们讨论的热闹,比任何剧评都诚恳都起劲。

谁相信这样的一个人,这样忠实于"生"的一个人,会这样早地永远地离开我们另投一个世界,永远地静寂下去,不再透些许声息!

我不敢再往下写,志摩若是有灵听到比他年轻许多的一个小朋友拿着老声老气的语调谈到他的为人不觉得不快么?这里我又来个极难堪的回忆,那一年他在这同一个的报纸上写了那篇伤我父亲惨故的文章,这梦幻似的人生转了几个弯,曾几何时,却轮到我在这风紧夜深里握笔吊他的惨变。这是什么人生?什么风涛?什么道路?志摩,你这最后的解脱未始不是幸福,不是聪明,我该当羡慕你才是。

忆刘半农君

◎鲁迅

这是小峰出给我的一个题目。

这题目并不出得过分。半农去世，我是应该哀悼的，因为他也是我的老朋友。但是，这是十来年前的话了，现在呢，可难说得很。

我已经忘记了怎么和他初次会面，以及他怎么能到了北京。他到北京，恐怕是在《新青年》投稿之后，由蔡子民先生或陈独秀先生去请来的，到了之后，当然更是《新青年》里的一个战士。他活泼，勇敢，很打了几次大仗。譬如罢，答王敬轩的双簧信，"她"字和"牠"字的创造，就都是的。这两件，现在看起来，自然是琐屑得很，但那是十多年前，单是提倡新式标点，就会有一大群人"若丧考妣"，恨不得"食肉寝皮"的时候，所以的确是"大仗"。现在的二十左右的青年，大约很少有人知道三十年前，单是剪下辫子就会坐牢或杀头的了。然而这曾经是事实。

但半农的活泼，有时颇近于草率，勇敢也有失之无谋的地方。但是，要商量袭击敌人的时候，他还是好伙伴，进行之际，心口并不相应，或者暗暗地给你一刀，他是绝不会的。倘若失了算，那是因为没有算好的缘故。

《新青年》每出一期，就开一次编辑会，商定下一期的稿件。其时最惹我注意的是陈独秀和胡适之。假如将韬略比作一间仓库罢，独秀先生的是外面竖一面大旗，大书道："内皆武器，来者小心！"但那门却开着的，里面有几支枪，几把刀，一目了然，用不着提防。适先生的是紧紧地关着门，门上粘一条小纸条道："内无武器，请勿疑虑。"这自然可以是真的，但有些人——至少是我这样的人——有时总不免要侧着头想一想。半农却是令人不觉其有"武库"的一个人，所以我佩服陈胡，却亲近半农。

所谓亲近，不过是多谈闲天，一多谈，就露出了缺点。几乎有一年多，他没有消失掉从上海带来的才子必有"红袖添香夜读书"的艳福的思想，好容易才给我们骂掉了。但他好像到处都这么地乱说，使有些"学者"皱眉。有时候，连到《新青年》投稿都被排斥。他很勇于写稿，但试去看旧报去，很有几期是没有他的。那些人们批评他的为人，是：浅。

不错，半农确是浅。但他的浅，却如一条清溪，澄澈见底，纵有多少沉渣和腐草，也不掩其大体的清。倘使装的是烂泥，一时就看不出它的深浅来了；如果是烂泥的深渊呢，那就更不如浅一点的好。

但这些背后的批评，大约是很伤了半农的心的，他的到法国留学，我疑心大半也为此。我最懒于通信，从此我们就疏远起来了。他回来时，我才知道他在外国钞古书，后来也要标点《何典》，我那时还以老朋友自居，在序文上说了几句老实话，事后，才知道半农颇不高兴了，"驷不及舌"，也没有法子。另外还有一回关于《语丝》的彼此心照的不快活。五六年前，曾在上海的宴会上见过一回面，那时候，我们几乎已经无话可谈了。

近几年,半农渐渐地据了要津,我也渐渐地更将他忘却;但从报章上看见他禁称"蜜斯"之类,却很起了反感:我以为这些事情是不必半农来做的。从去年来,又看见他不断地做打油诗,弄烂古文,回想先前的交情,也往往不免长叹。我想,假如见面,而我还以老朋友自居,不给一个"今天天气……哈哈哈"完事,那就也许会弄到冲突的罢。

不过,半农的忠厚,是还使我感动的。我前年曾到北平,后来有人通知我,半农是要来看我的,有谁恐吓了他一下,不敢来了。这使我很惭愧,因为我到北平后,实在未曾有过访问半农的心思。

现在他死去了,我对于他的感情,和他生时也并无变化。我爱十年前的半农,而憎恶他的近几年。这憎恶是朋友的憎恶,因为我希望他常是十年前的半农,他的为战士,即使"浅"罢,却于中国更为有益。我愿以愤火照出他的战绩,免使一群陷沙鬼将他先前的光荣和死尸一同拖入烂泥的深渊。

8月1日
(1934年)

怀鲁迅

◎郁达夫

真是晴天的霹雳,在南台的宴会席上,忽而听到了鲁迅的死!

发出了几通电报,荟萃了一夜行李,第二天我就匆匆跳上了开往上海的轮船。

二十二日上午十时船靠了岸,到家洗一个澡,吞了两口饭,跑到胶州路万国殡仪馆去,遇见的只是真诚的脸,热烈的脸,悲愤的脸,和千千万万将要破裂似的青年男女的心肺与紧捏的拳头。

这不是寻常的丧葬,这也不是沉郁的悲哀,这正像是大地震要来,或黎明将到时充塞在天地之间的一瞬间的寂静。

生死,肉体,灵魂,眼泪,悲叹,这些问题与感觉,在此地似乎太渺小了,在鲁迅的死的彼岸,还照耀着一道更伟大、更猛烈的寂光。

没有伟大的人物出现的民族,是世界上最可怜的生物之群;有了伟大的人物,而不知拥护、爱戴、崇仰的国家,是没有希望的奴隶之邦。因鲁迅的一死,使人们自觉出了民族的尚可以有为,也因鲁迅之一死,使人家看出了中国还是奴隶性很浓厚的半绝望的国家。

鲁迅的灵柩,在夜阴里被埋入浅土中去了;西天角却出现了一片微红的新月。

1936 年 10 月 24 日在上海

论郁达夫

◎郭沫若

　　我这篇小文不应该叫作"论"，只是杂志的预告已经定名为"论"，不好更改，但我是只想叙述我关于达夫的尽可能的追忆的。

　　我和郁达夫相交远在一九一四年。那时候我们都在日本，而且是同学同班。

　　那时候的中国政府和日本有五校官费的协定，五校是东京第一高等学校，东京高等师范学校，东京高等工业学校，千叶医学校，山口高等商业学校。凡是考上了这五个学校的留学生都成为官费生。日本的高等学校等于我们今天的高中，它是大学的预备门。高等学校在当时有八座，东京的是第一座，在这儿有为中国留学生特设的一年预备班，一年修满之后便分发到八个高等学校去，和日本人同班，三年毕业，再进大学。我和达夫同学而且同班的，便是在东京一高的预备班的那一个时期。

　　日本高等学校的课程在当时分为三个部门，文哲经政等科为第一部，理工科为第二部，医学为第三部。预备班也是这样分部教授的，但因人数关系，一三两部是合班教授。达夫开始是一部，后来又转到我们三部来。分发之后，他是被配在名古屋的第八高等，我是冈山的第六高等，但他在高等学校肄业中,又回到一部去了。后来他是从东京帝国大学的政治经济学部毕业,我是由九州帝国大学医学部毕业的。

达夫很聪明,他的英文、德文都很好,中国文学的根底也很深,在预备班时代他已经会做一手很好的旧诗。我们感觉着他是一位才士。他也喜欢读欧美的文学书,特别是小说,在我们的朋友中没有谁比他更读得丰富的。

在高等学校和大学的期间,因为不同校,关于他的生活情形,我不十分清楚。我们的友谊更加亲密了起来是在一九一八年以后。

一九一八年的下半年我已被分发到九州帝国大学,住在九州岛的福冈市。适逢第六高等学校的同学成仿吾,陪着他的一位同乡陈老先生到福冈治疗眼疾,我们同住过一个时期。我们在那时有了一个计划,打算邀集一些爱好文学的朋友来出一种同人杂志。当时被算在同人里面的便有东京帝大的郁达夫,东京高师的田汉,熊本五高的张资平,京都三高的郑伯奇等。这就是后来的创造社的胎动时期。创造社的实际形成还是在两年之后。

那是一九二〇年的春天,成仿吾在东京帝国大学造兵科研究了三年,该毕业了,他懒得参加毕业考试,在四月一号要提前回国。我自己也因为听觉的缺陷,搞医学搞得不耐烦,也决心和仿吾同路。目的自然是想把我们的创造梦实现出来。那时候达夫曾经很感伤地写过信来给我送行,他规诫我回到上海去要不为流俗所污,而且不要忘记我抛别在海外的妻子。这信给我的铭感很深,许多人都以为达夫有点"颓唐",其实是皮相的见解。记得是李初梨说过这样的话:"达夫是摩拟的颓唐派,本质的清教徒。"这话最能够表达了达夫的实际。

在创造社的初期达夫是起了很大的作用的。他的清新的笔调,在中国的枯槁的社会里面好像吹来了一股春风,立刻吹醒了当时的无数青年的心。他那大胆的自我暴露,对于深藏在千年万年的背甲里面的士大夫的虚伪,完全是一种暴风雨式的闪击,把一些假道学、假才子们震惊得至于狂怒了。为什么? 就因为有这样露骨的真率,使他们感受着假的困难。于是徐志摩"诗哲"们便开始痛骂了。他说:创造社的人就和街头的乞丐一样,故意在自己身上造些血脓糜烂的创伤来吸引过路人的同情。这主要就是在攻击达夫。

达夫在暴露自我这一方面虽然非常勇敢,但他在迎接外来的攻击上却非常脆弱。他的神经是太纤细了。在初期创造社他是受攻击的一个主要对象。他很感觉着孤独,有时甚至伤心。记得是一九二一年的夏天,我们在上海同住。有一天晚上我们同到四马路的泰东书局去,顺便问了一下在五月一号出版的《创造季刊》创刊号的销路怎样。书局经理很冷淡地答应我们:"二千本书只销掉一千五。"我们那时共同生出了无限的伤感,立即由书局退出,在四马路上接连饮了三家酒店,在最后一家,酒瓶摆满了一个方桌。但也并没有醉到泥烂的程度。在月光下边,两人手牵着手走回哈同路的民厚南里。在那平滑如砥的静安寺路上,时有兜风汽车飞驰而过。达夫曾突然跑向街心,向着一辆飞来的汽车,以手指比成手枪的形式,大呼着:"我要枪毙你们这些资本家!"

当时在我,我是感觉着:"我们是孤竹君之二子。"

胡适攻击达夫的一次,使达夫最感着沉痛。那是因为达夫指责了余家菊的误译,胡适帮忙误译者对于我们放了一次冷箭。当时我们对于胡适倒并没有什么恶感。我们是"异军苍头突起"，对于当时旧社会毫不妥协，而对于新起的不负责任的人们也不惜严厉地批评，我们万没有想到以"开路先锋"自命的胡适竟然出以最不公平的态度而向我们侧击。这事在胡适自己似乎也在后悔，他自认为轻易地树下了一批敌人。①但经他这一激刺，倒也值得感谢，使达夫产生了一篇名贵一时的历史小说，即以黄仲则为题材的《采石矶》。这篇东西的出现，使得那位轻敌的"开路先锋"也确切地感觉到自己的冒昧了。

胡适在启蒙时期有过些作用，我们并不否认。但因出名过早，而膺誉过隆，使得他生出了一种过分的自负心，这也是无可否认的实情。他在文献的考证上下过一些功夫，但要说到文学创作上来，他始终是门外汉。然而他的门户之见却是很森严的，他对创造社从来不曾有过好感。对于达夫，他们后来虽然也成为了"朋友"，但在我们第三者看来，也不像有过什么深切的友谊。

我在一九二〇年一度回到上海之后，感觉着自己的力薄，文学创作的时机并未成熟，便把达夫拉回来代替了我，而我又各自去搞医学去了。医学搞毕业是一九二三年春，回到上海和达夫、仿吾同住。仿吾是从湖南东下，达夫是从安庆的法政学校解了职回来。当时我们都是无业的人，集中在上海倒也热闹地干了一个时期。《创造季刊》之后，继以《创造周报》、《创造日》，还出了些丛书，情形和两年前大不相同了。但生活却是窘到万分。

----

① 他后来曾经写过一封信来，向我缓和，似道歉而又非道歉的。——沫若注

一九二三年秋天北大的陈豹隐教授要往苏联，有两小时的统计学打算请达夫去担任，名分是讲师。达夫困于生活也只得应允，便和我们分手到了北平。他到北平以后的交游不大清楚，但我相信"朋友"一定很多。然以达夫之才，在北平住了几年，却始终是一位讲师，足见得那些"朋友"对于他是怎样的重视了。

达夫的为人坦率到可以惊人，他被人利用也满不在乎，但事后不免也要发些牢骚。《创造周报》出了一年，当时销路很好，因为人手分散了，而我自己的意识已开始转换，不愿继续下去，达夫却把这让渡给别人作过一次桥梁，因而有所谓创造社和太平洋社合编的《现代评论》出现。但用达夫自己的话来说，他不过是被人用来点缀的"小丑"而已。

达夫一生可以说是不得志的一个人，在北大没有当到教授，后来（一九二四年初）同太平洋社的石瑛到武大去曾经担任过教授，但因别人的政治倾向不受欢迎而自己受了连累，不久又离开了武汉。这时候我往日本去跑了一趟又回到了上海来。上海有了"五卅"惨案发生，留在上海的创造社的小朋友们不甘寂寞，又搞起《洪水半月刊》来，达夫也写过一些文章。逐渐又见到创造社的复活。直到一九二六年三月我接受了广州大学文学院长的聘，又才邀约久在失业中的达夫和刚从法国回国的王独清同往广州。

达夫应该是有政治才能的，假如让他做外交官，我觉得很适当。但他没有得到这样的机会。他的缺点是身体太弱，似乎在二十几岁的时候便有了肺结核，这使他不能胜任艰巨。还有一个或许也是缺点，是他自谦的心理发展到自我作贱的地步。爱喝酒，爱吸香烟，生活没有秩序，愈不得志愈想伪装颓唐,到后来志气也就日见消磨,遇着什么棘手的事情,便萌退志。这些怕是他有政治上的才能,而始终未能表现其活动力的主要原因吧。

到广州之后只有三个月工夫,我便参加了北伐。那时达夫回到北平去了,我的院长职务便只好交给王独清代理。假使达夫是在广州的话,我毫无疑问是要交给他的。这以后我一直在前方,广州的情形我不知道。达夫是怎样早离开了广州回到上海主持创造社,又怎样和朋友　　出意见闹到脱离创造社,详细的情形我都不知道。在他宣告脱离创造社之后,我们事实上是断绝了交往,他有时甚至骂过我是"官僚"。但我这个"官僚"没有好久便成了亡命客,我相信到后来达夫对于我是恢复了他的谅解的。

一九二八年二月到日本去亡命,这之后一年光景,创造社被封锁。亡命足足十年,达夫和我没有通过消息。在这期间的他的生活情形我也是不大清楚的。我只　道他和王映霞女士结了婚,创作似乎并不多,生活上似乎也不甚得意。记得有一次在日本报上看见过一段消息,说暨南大学打算聘达夫任教授,而为当时的教育部长王世杰①所批驳,认为达夫的生活浪漫,不足为人师。我感受着异常的惊讶

就在芦沟桥事变前一年(一九三六年)的岁暮,达夫忽然到了日本东京,而且到我的寓所来访。我们又把当年的友情完全恢复了,他那时候是在福建省政府做事情,是负了什么使命到东京的,我已经不记忆了。那时候他还有一股勃勃的

---

① 　这人是太平洋社的一位头子,利用过达夫和创造社的招牌来办《现代评论》的。——沫若注

雄心,打算到美国去游历。就因为他来,我还叨陪着和东京的文人学士们周旋了几天。

次年的五月,达夫有电报给我,说当局有意召我回国,但以后也没有下文。七月芦沟桥事变爆发了,我得到大使馆方面的谅解和暗助,冒险回国。行前曾有电通知达夫,在七月十七日到上海的一天,达夫还从福建赶来,在码头上迎接着我。他那时对于当局的意态也不甚明了,而我也没有恢复政治生活的意思,因此我个人留在上海,达夫又回福建去了。

一九三八年,政治部在武汉成立,我又参加了工作。我推荐了达夫为设计委员,达夫挈眷来武汉。他这时是很积极的,曾经到过台儿庄和其他前线劳军。不幸的是他和王映霞发生了家庭纠葛,我们也居中调解过。达夫始终是挚爱着王映霞的,但他不知怎的,一冲动起来便不免不顾前后,弄得王映霞十分难堪。这也是他的自卑心理在作祟吧?后来他们到过常德,又回到福州,再远赴南洋,何以终至于乖离,详细的情形我依然不知道。只是达夫把他们的纠纷做了一些诗词,发表在香港的某杂志上。那一些诗词有好些可以称为绝唱,但我们设身处地替王映霞着想,那实在是令人难堪的事。自我暴露,在达夫仿佛是成为一种病态了。别人是"家丑不可外扬",而他偏偏要外扬,说不定还要发挥他的文学的想象力,构造出一些莫须有的"家丑"。公平地说,他实在是超越了限度。暴露自己是可以的,为什么要暴露自己的爱人?这爱人假使是旧式的无知的女性,或许可无问题,然而不是,故所以他的问题弄得来不可收拾了。

达夫到了南洋以后,他在星岛编报,许多青年在文学上受着他的熏陶,都很感激他。南太平洋战事发生后,星加坡沦陷,达夫的消息便失掉了。有的人说他已经牺牲,有的人说他依然健在,直到最近才得到确实可靠的消息,他已经不在人世了。

十天前,达夫的一位公子郁飞来访问我,他把沈兹九写给他的回信给我看,并抄了一份给我,他允许我把它公布出来。凡是达夫的朋友,都是关心着达夫的生死的,一代的文艺战士假使只落得一个惨淡的结局,谁也会感觉着悲愤的吧?

郁飞小朋友:

信早收到。因为才逃难回来,所以什么事情都得从头理起,忙得很,到今天才复你,你等得很着急了吧。

你爸爸是在日本人投降后一个星期才失踪的,到现在还没有回来,大约是凶多吉少了。关于你爸爸的事是这样:在星加坡沦陷前五天,我们一同离开星加坡到了苏门答腊附近小岛上,后来又溜进了苏门答腊。那时我们大家都改名换姓,化装了生意人,谁也不知道我们的来历。有一次你爸爸不小心,讲了几句日本话,就被日本宪兵来抓去,强迫他当翻译。他没有办法,用"赵廉"这个假名在苏岛宪兵部工作了六个月。在这期间,他用尽方法掩护自己,同时帮忙华侨,所以他给当地华侨印象极好。他在逃难中间的生活很严肃。那时我们也在同一个地方,不过我们住的是乡下。他常常偷偷地来看我们,告诉我们日本人的种种暴行,所以他非常恨日本人。后来,他买通了一个医生,说有肺病不得不辞职,日本人才准了他。

一年半以后,星加坡来了一个汉奸,报告日本宪兵,说他在做国际间谍。当地华侨为这事被捕的很多,日本

人想从华侨身上知道你爸爸是否真有间谍行为,结果谁
也说没有;所以仍能平安无事。在这事发生以前,我们因
为邵宗汉先生和王任叔伯伯在棉兰,要我们去,我们就去
棉兰了。他和汪先生和其他的朋友在乡间开了一间
酒店,生意很好,就此维持生活。

直到日本投降后,他想从此可以重见天日了,谁知
一天夜里,有一个人来要求他帮忙一件事情,他就随便蹑
了一双木屐从家里走出,就此一去不返。至于来诱他出
去的人那是谁,现在还不清楚,大约总是日本人。我们为
了这事从棉兰赶回苏,多方面打听,毫无结果。以后我们
到了星加坡,又报告了英军当局,他们只说叫当地日本人
去查(到现在,那里还是日军维持秩序),哪会有呢?

问题是在此:日本降后,照例兵士都得回国,而宪兵
是战犯,要当地听人民控告的。人民控告时,要有人证
物证,你爸爸是最好的人证,所以他们要害死他了。而他
当时没有想到这一层;没有早早离开,反而想在当地做一
番事业。

你不要哭,在这几年当中,你爸爸很勇敢,很坚决,这
在你也很有荣誉的。况且人总有一死的呀,希望你努力
用功! 再会。

你的大朋友　沈兹九

看到这个"凶多吉少"的消息,达夫无疑是不在人世了。
这也是生为中国人的一种凄惨,假使是在别的国家,不要说像
达夫这样在文学史上不能磨灭的人物,就是普通一个公民,国
家都要发动她的威力来清查一个水落石出的。我现在只好一
个人在这儿作些安慰自己的狂想。假使达夫确实是遭受了苏

44

门答腊的日本宪兵的屠杀，单只这一点我们就可以要求把日本的昭和天皇拿来上绞刑台！英国的加莱尔说过"英国宁肯失掉印度，不愿失掉莎士比亚"；我们今天失掉了郁达夫，我们应该要日本的全部法西斯头子偿命！……

实在的，在这几年中日本人所给予我们的损失，实在是太大了。但就我们所知道的范围内，在我们的朋辈中，怕应该以达夫的牺牲为最惨酷的吧。达夫的母亲，在往年富春失守时，她不肯逃亡，便在故乡饿死了。达夫的胞兄郁华（曼陀）先生，名画家郁风的父亲，在上海为伪组织所暗杀。夫人王映霞离了婚，已经和别的先生结合。儿子呢？听说小的两个在家乡，大的一个郁飞是靠着父执的资助，前几天飞往上海去了。自己呢？准定是遭了毒手。这真真是不折不扣的"妻离子散，家破人亡"！达夫的遭遇为什么竟要有这样的酷烈！

我要哭，但我没有眼泪。我要控诉，向着谁呢？遍地都是圣贤豪杰，谁能了解这样不惜自我卑贱以身饲虎的人呢？不愿再多说话了。达夫，假使你真是死了，那也好，免得你看见这愈来愈神圣化了的世界，增加你的悲哀。

1946 年 3 月 6 日

忆柔石

◎林淡秋

一

柔石遇难十六年了,我一直没有说过话,抗议或者哀悼。然而也并未忘却。忘却是不容易的,他到底是我的益友,导师,中国的大有希望的优秀作家。这位《旧时代之死》的作者的音容笑貌,一直活在我的心里:那天然鬈曲的头发,那躲在细边眼镜后边的近视眼,那微驼的背,那浓重的乡音……他的生和死,我一直默默地咀嚼着,嚼出火,嚼出光,有时也嚼出一点悲凉。

我们的相识是在一九二七年大革命的前夕,在故乡的一个中学里。这是一群热情青年赤手空拳创办起来的穷学校,没有基金,没有经费,全体教职员都是尽义务的。然而大家快活,兴奋,协调,师生完全打成一片,像一个和睦的朝气勃勃的大家庭。可是官绅们看不顺眼,压迫来了:最初是诬蔑,接着是威胁,最后是搜捕。学校风雨飘摇,从城里搬到乡下,又从乡下搬到城里,终因撑持者前仆后继,不屈不挠,总算没有倒掉。

柔石也是热情撑持者之一,然而在最初,大家对他并不怎样满意。大家觉得他冷淡、孤僻、傲慢,不能跟大家打成一片。

46

学校生活是一股激流，数百个师生都在这激流里游泳，挣扎，互相鼓励，互相扶持，而柔石最初站在岸上看，后来参加了，但也仿佛站在船里，跟大家总有些隔膜。他显然感觉到这种隔膜，但并不想打破它。他满不在乎。他有他自己的天地。下课了，他坐在房里读古书，看小说。吃了晚饭，他回家写他的小说。

他已经自费出版了处女集《疯人》，现在正在写长篇小说《旧时代之死》。他对这部作品寄予很大的希望，他好几次拍拍那用毛笔誊写得非常漂亮的原稿，对我说："希望卖了这部作品能到法国去。"

我笑笑，没有作声。我那时完全站在文学门外，不知道创作的目的是什么，也不知道一部作品能卖多少钱，更不知道弄文学应该不应该到法国去，但听到这句话，我下意识地感觉到，柔石离我更远了，仿佛他真的到了法国一样。

然而过了几个月，这感觉被修正了，正如大家对他不满的感觉被修正了一样。我不知道是大家影响了柔石呢，还是柔石影响了大家，还是双方都有影响，但那时已经知道，现在更加知道：集体生活是伟大的。柔石其实并不是不能亲近的，只有对于不愿意亲近他的人，他才是不能亲近的。柔石并不怎么傲慢，只有对于傲慢的人，他才是傲慢的。知识分子都有那么一点特性，我们原来只看到柔石的冷淡和傲慢，而没有看到自己对他的冷淡和傲慢。对于真诚的朋友，柔石其实愿意献出更大的真诚。

年假过后，我离开学校的朋友们，到广东读书去了，然而通讯关系一直没有断。从信上，我知道柔石渐渐成为撑持学校的要角了，知道他在朋友们一致拥护和支持下当了教育局长,知道他尽量利用职权,为学校"立案"问题在宁杭道上奔波。这所一成立便成为旧官僚眼中钉的中学,现在又为新官僚所讨厌了,陷入了新的"风雨飘摇"的境地,而柔石总想使它稳定下来。同时,他还不顾一切阻挠,毅然把全县小学校长和教职员作一次大的更动,把新鲜血液注入腐败的教育里,使它蜕变,新生。可惜只有短短的半年,他就被迫离开这个岗位了。

这年暑假,我在上海听到一个惊人的消息:故乡农民大暴动,立刻被镇压下去了,而跟这个暴动没有关系的许多朋友也硬被牵连在内,有的被杀,有的被捕,有的逃亡。逃亡群中有柔石。

在"法租界"一个小亭子间里,我找到了他,默默握手,彼此好一会儿说不出话来。后来终于开口了,谈了一些故乡暴动情形,朋友们近况,以及他出走经过以后,我问他目前生活如何,以后打算怎样。

"很困难。"他说。

于是从抽斗里取出两厚册《旧时代之死》的原稿,翻了翻,说:"暂时只好靠这部稿子。"

"稿子出路找好了吗?"

"还没有,打算去找鲁迅先生。"

对于鲁迅先生,他那时还不怎样熟,不过很久以前在北京某大学旁听时见过面。他相信鲁迅先生一定肯帮助的。

他说的没有错。我们第二次见面时,他已经住在闸北景云里了,离鲁迅先生家很近,在那里吃饭,而且在先生的指导和支持下,他和几个朋友办了一个小小的刊物,那便是大家知道的《朝花》。

二

从此以后,柔石总算在上海文坛上站住了。在朝花社同仁中,除了鲁迅先生,柔石仿佛是一个中心,写稿之外,还得为一些繁琐的事务奔走。《朝花》销路不大,在当时文坛上并无权威,经济相当困难。柔石并不因此而感到厌倦,始终用全副精力苦撑这个刊物。那种认真负责的精神,那种切实苦干的作风,实在使人感动。鲁迅先生一开始便对他有好印象,不是没有原因的。到这个刊物再也支持不下,不得不停刊时,柔石个人的亏空也很大了。既无经常收入,又要吃饭,又要还债,他的生活困难极了。

什么中学请他去教书,鲁迅先生劝他不要去,却介绍他到北新书局编《语丝》。月薪虽不多,但生活到底比较安定了,而且朋友圈子扩大了,活动范围扩大了,《旧时代之死》也出版了。这是柔石在上海文坛上最活跃的时期。不久以后,第二部长篇小说《二月》出版了。他说鲁迅先生很重视这部作品,对它有详细的口头批评,非常具体地指出优点,也指出缺点,柔石非常悦服这种诚恳而具体的批评。他说这种批评才是对作者有帮助的批评。接着短篇集《希望》也出版了,而高尔基的《没落》和卢那卡尔斯基的《浮士德与城》,也在这时期译成。还有和我合译的《丹麦短篇小说集》。此外他还写了一部一直没有发表的诗剧,题名我忘记了。

柔石创作力很强,我总觉得他写作品好像并不怎样费力,完成了一篇或一部作品,也并不表示怎样了不起,不过轻松地说,他又写了一篇或一部作品。这跟他写《旧时代之死》时候的情景大不相同了。但他的写作态度仍和过去一样认真,你只要看他的原稿上的正点正划的漂亮楷书(不管用墨笔写或用钢笔写,都是一样的),就知道他一笔都不肯苟且。对于柔石作品的估价,文坛上好像一直没有过定评,但有一点是可以确定的,就是他的作品绝不是粗制滥造的东西。你读了这些作品,至少可以感觉到作者不但有才能,有修养,而且还有非常严肃的写作态度。认真严肃,一点不肯马虎,确是柔石的最大特点,做事如此,写作亦如此。在这一点上,他与鲁迅先生很相近。

正因为如此,他翻译作品就非常吃力。他的外国语程度较差,又不肯马虎,有时吃力得比创作还难以下笔。他说创作有较大自由,可以随意选择字句,翻译就没有这样自由了,要受原文后边的形象和概念的严格限制,有时想不出适当的用语,真是苦透了。但他最初还有自信,虽然吃力,还可以做。到了高尔基的《没落》译稿被一个朋友校出许多错误之后,他一边照着朋友的指点一句一句改正,同时也失掉原来那点自信了。他亲口对我说,他以后决不再译书了,因为外国语太差。他以后的确没译过书,他对原作者和读者是那样的负责。

他这时已经加入了左翼作家联盟,但最初生活似乎没有多大变化,主要还是写作。可是到后来,环境一天一天恶化,对左翼作家的压迫一天天加紧,柔石离开了景云里,而且时常搬移住址,大大影响了他的写作生活。有相当长的一段时间,他简直没有写作什么东西,生活又一天天困难起来。外埠又有好几个学校请他去教书,他不想去,鲁迅先生也劝他不要去。后来搬到一个比较适当的房子里,同他的爱人冯铿住在一起,又开始写长篇了。这长篇的计划相当大,他要写出一个长工的一生。他像开玩笑又不像开玩笑似的对我说："我没有写过革命的作品，现在要试一试了。"可是这部作品刚开了个头，他就被迫放下了那支陪伴他十几年的钢笔。

三

　　一九三一年一月十七日，忘记了为什么事情，柔石约好下午二时整来看我。约定时间过去了，柔石没有来。我想，大概被什么更重要事情牵住了吧，他很忙。可是过了一会儿，一个书店学徒突然推开我的房门，交给我一张小纸条，上边写着："老赵患急病，进了医院。"我立刻知道发生了什么事了。据那学徒说，柔石刚才被巡捕押到书店，要书店证明他是编辑。书店据实证明了，而情况并未好转，依旧被押回去，两手铐着手铐。到这天傍晚，我们知道被捕的不仅柔石一人，还有胡也频、殷夫等四位青年作家，其中有柔石的爱人冯铿。
　　大概两天或三天后的下午，我坐在"英租界"法庭的旁听席上。几个案子审过了，于是眼前突然一阵纷乱，五个青年作家被押到法庭上来了，个个蓬头垢面，有的穿西装，有的穿长袍。殷夫穿的是长袍，柔石是穿西装的，近视眼镜不知哪里去了。大家脸上都有些浮肿，浮肿得最厉害的是冯铿。审问开始了，一刹那工夫，真正一刹那工夫呀，我简直还没听清楚什么，审问就结束了，判决是"引渡"（引渡给中国当局，这是"死刑"的同义语）。十个紧握的拳头一齐举起，五张嘴巴高声嚷起来：
　　"我们不服判决！"
　　"我们没有罪！"

"我们抗议!"

但立刻被法警们七手八脚拖开去,引渡到警察局去了。我们当天托人去查问,警察局根本否认有这么五个人。据那个朋友的估计,他们大概由警察局解到警备司令部去了。

一点不错,被解到警备司令部去了。大概一星期以后,柔石从龙华监狱里带出一个字条,说他们在水门汀地上很冷,要我们送被头和衣服去。我们送去了,又拿回来,因为进不了大门。再过几天,我们又接到他一张字条。这一回,他不提冷不冷了,只要我们瞒住他的老母,说无论如何不能让她知道。我们知道死神已经走近他们了。果然,在二月七日那个可诅咒的晚上,柔石和其他四个同伴倒在龙华的荒野上,柔石一身中了七八颗子弹,这是后来才知道的,但我们至今还不知道,这到底是排枪的子弹呢,还是机关枪的子弹?

四

我们至今也不知道,柔石他们到底犯了什么罪呢?教书,创作,翻译,加入左翼作家联盟,就是他们的罪状吗?为什么一直没有公布?如果这不是他们的罪状,那么他们的罪状到底在哪里呢?

十六个年头过去了,柔石他们的尸骨还不知道腐烂在什么地方,而中国进步作家的血还在不断地流,流:辛劳的血流在苏北,李公朴、闻一多的血流在昆明……

鲁迅先生说:"夜正长,路也正长,我还不如忘却吧。"可是,先生,我不能够!我要不断回忆,咀嚼,嚼出火和光来照亮黑暗的夜路,虽然,我已经说过,有时也嚼出一点悲凉。

风雨中忆萧红

◎丁玲

　　本来就没有什么地方可去,一下雨便更觉得闷在窑洞里的日子太长。要是有更大的风雨也好,要是有更汹涌的河水也好,可是仿佛要来一阵骇人的风雨似的那么一块肮脏的云成天盖在头上,水声也是那么不断地哗啦哗啦在耳旁响,微微地下着一点看不见的细雨,打湿了地面,那轻柔的柳絮和蒲公英都飘舞不起而沾在泥土上了。这会使人有遐想,想到随风而倒的桃李,在风雨中更迅速迸出的苞芽。即使是很小的风雨或浪潮,都更能显出百物的凋谢和生长,丑陋或美丽。

　　世界上什么是最可怕的呢,绝不是艰难险阻,绝不是洪水猛兽,也绝不是荒凉寂寞。而难于忍耐的却是阴沉和絮聒;人的伟大也不是能乘风而起,青云直上,也不只是能抵抗横逆之来,而是能在阴霾的气压下,打开局面,指示光明。

　　时代已经非复少年时代了,谁还有悠闲的心情在闷人的风雨中煮酒烹茶与琴诗为侣呢?或者是温习着一些细腻的情致,重读着那些曾经被迷醉过被感动过的小说,或者低徊冥思那些天涯的故人?流着一点温柔的泪,那些天真、那些纯洁、那些无疵的赤子之心,那些轻微的感伤,那些精神上的享受都飞逝了,早已飞逝得找不到影子了。这个飞逝得很好,但现在是什么呢?是听着不断的水的絮聒,看着脏布也似的云块,痛感着阴霾,连寂寞的宁静也没有,然而却需要阿底拉斯的力背负着宇宙的时代所给予的创伤,毫不动摇地存在着,存在便是一种大声疾呼,便是一种骄傲,便是给絮聒以回答。

然而我决不会麻木的,我的头成天膨胀着要爆炸,它装得太多,需要呕吐。于是我写着,在白天,在夜晚,有关节炎的手臂因为放在桌子上太久而疼痛,患砂眼的眼睛因为在微小的灯光下而模糊。但幸好并没有激动,也没有感慨,我不缺乏冷静,而且很富有宽恕,我很愉快,因为我感到我身体内有东西在冲撞;它支持了我的疲倦,它使我会看到将来,它使我跨过现在,它会使我更冷静,它包括了真理和智慧,它是我生命中的力量,比少年时代的那种无愁的青春更可爱啊!

但我仍会想起天涯的故人的,那些死去的或是正受着难的。前天我想起了雪峰,在我的知友中他是最没有自己的了。他工作着,他一切为了党,他受埋怨过,然而他没有感伤,他对名誉和地位是那样的无睹,那样不会趋炎附势,培植党羽,装腔作势,投机取巧。昨天我又苦苦地想起秋白,在政治生活中过了那么久,却还不能彻底地变更自己,他那种二重的生活使他在临死时还不能免于有所申诉。我常常责怪他申诉的"多余",然而当我去体味他内心的战斗历史时,却也不能不感动,哪怕那在整体中,是很渺小的。今天我想起了刚逝世不久的萧红,明天,我也许会想到更多的谁,人人都与这社会有关系,因为这社会,我更不能忘怀于一切了。

萧红和我认识的时候,是在一九三八年春初。那时山西还很冷,很久生活在军旅之中,习惯于粗犷的我,骤睹着她的苍白的脸,紧紧闭着的嘴唇,敏捷的动作和神经质的笑声,使我觉得很特别,而唤起许多回忆,但她的说话是很自然而真率的。我很奇怪作为一个作家的她，为什么会那样少于世故，大概女人都容易保有纯洁和幻想，或者也就同时显得有些稚嫩和软弱的缘故吧。但我们都很亲切，彼此并不感觉到有什么孤僻的性格。我们尽情地在一块儿唱歌，每夜谈到很晚才睡觉。当然我们之中在思想上，在感情上，在性格上都不是没有差异，然而彼此都能理解，并不会因为不同意见或不同嗜好而争吵，而揶揄。接着是她随同我们一道去西安，我们在西安住完了一个春天。我们痛饮过，我们也同度过风雨之夕，我们也互相倾诉。然而现在想来，我们谈得是多么的少啊！我们似乎从没有一次谈到过自己，尤其是我。然而我却以为她从没有一句话是失去了自己的，因为我们实在都太真实，太爱在朋友的面前赤裸自己的精神，因为我们又实在觉得是很亲近的。但我仍会觉得我们是谈得太少的，因为，像这样的能无妨嫌、无拘束、不须警惕着谈话的对象是太少了啊！

那时候我很希望她能来延安，平静地住一时期之后而致全力于著作。抗战开始后，短时期的劳累奔波似乎使她感到不知在什么地方能安排生活。她或许比我适于幽美平静。延安虽不够作为一个写作的百年长计之处，然在抗战中，的确可以使一个人少顾虑于日常琐碎，而策划于较远大的。并且这里有一种朝气，或者会使她能更健康些。但萧红却南去了。至今我还很后悔那时我对于她生活方式所参与的意见是太少了，这或许由于我们相交太浅，和我的生活方式离她太远的缘故，但徒劳的热情虽然常常于事无补，然在个人仍可得到一种心安。

我们分手后，就没有通过一封信。端木曾来过几次信，在最后的一封信上（香港失陷约一星期前收到）告诉我，萧红因病始由皇后医院迁出。不知为什么我就有一种预感,觉得有种可怕的东西会来似的。有一次我同白朗说:"萧红绝不会长寿的。"当我说这话的时候,我是曾把眼睛扫遍了中国我所认识的或知道的女性朋友,而感到一种无言的寂寞。能够耐苦的,不依赖于别的力量,有才智、有气节而从事于写作的女友,是如此其寥寥啊!

不幸的是我的杞忧竟成了现实,当我昂头望着天的那边,或低头细数脚底的泥沙,我都不能压制我丧去一个真实的同伴的叹息。在这样的世界中生活下去,多一个真实的同伴,便多一分力量,我们的责任还不止于打开局面,指示光明,而还是创造光明和美丽;人的灵魂假如只能拘泥于个体的褊狭之中,便只能陶醉于自我的小小成就。我们要使所有的人都能有崇高的享受,和为这享受而作出伟大牺牲。

生在现在的这世界上,活着固然能给整个事业添一分力量,而死对于自己也是莫大的损失。因为这世界上有的是戮尸的遗法,从此你的话语和文学将更被歪曲,被侮辱;听说连未死的胡风都有人证明他是汉奸,那么对于已死的人,当然更不必贿买这种无耻的人证了。鲁迅先生的"阿Q"曾被那批御用文人歪曲地诠释,那么《生死场》的命运也就难免于这种灾难。在活着的时候,你不能不被逼走到香港;死去,却还有各种污蔑在等着,而你还不会知道;那些与你一起脱险回国的朋友们还将有被监视和被处分的前途。我完全不懂得到底要把这批人逼到什么地步才算够?猫在吃老鼠之前,必先玩弄它以娱乐自己的得意。这种残酷是比一切屠戮都更恶毒,更需要毁灭的。

只要我活着,朋友的死耗一定将陆续地压住我沉闷的呼吸。尤其是在这风雨的日子里，我会更感到我的重荷。我的工作已经够消磨我的一生，何况再加上你们的屈死，和你们未完的事业，但我一定可以支持下去的。我要借这风雨，寄语你们，死去的，未死的朋友们，我将压榨我生命所有的余剩，为着你们的安慰和光荣。哪怕就仅仅为着你们也好，因为你们是受苦难的劳动者，你们的理想就是真理。

风雨已停，朦胧的月亮浮在西边的山头上，明天将有一个晴天。我为着明天的胜利而微笑，为着永生而休息。我吹熄了灯，平静地躺到床上。

1942 年 4 月 25 日

哭一多

◎吴晗

一

继李公朴先生之后，同学同事同志闻一多先生又惨遭毒手，他的大儿子立鹤，我的学生，才十八岁的青年也被惨杀了①！

四天前哭公朴，今天又哭一多，五天内在昆明同一地区，接连发生两桩空前残暴的暗杀案，被杀的都是中国民主同盟的盟员，而且都是同盟的中央执行委员，云南民盟省支部的执行委员，这说明了四项诺言的意义，人权的保障，也说明了现阶段的中国政治！

公朴死了，那样生龙活虎般的人，一个晴天霹雳！

四天之后，一多父子同命，在今晨看到报上消息的时候，目瞪口呆，欲哭无泪，昏沉了大半天，才能哭出声来。

不能说是悲痛，我的心情已经超过了悲痛，也不能说是愤怒，这两个字实在不够说明我的情绪。我在哭，在憎恨，在厌恶。

---

① 闻立鹤受枪伤而未死。文中说他被惨杀，系当时误传。——编者注

不能说是意外，一两年来经常在传说黑名单的故事，在特种报纸和壁报上经常有谩骂的文字，造谣污蔑的文字，早知道敌人是欲置之死地才甘心的。而且，在公朴被狙以后，昆明市上立刻就有第二号第三号的恫吓，有人劝一多要当心，他说，我已经准备死了。

但是，也不能说是意内，豺狼虎豹的恶毒也有个限度，公朴的尸首还没有冷，万万料不到这样紧接一个之后又一个，发生得这样快，而且是在青天白日！

我不肯哭，但是无法不哭，我哭公朴，哭一多，也在哭我其他可能遭受毒手的朋友和同志，我也在哭我自己。

二

我和一多认识，从朋友而同志，不过两三年。虽然过去几年都在联大同事，虽然过去他在清华大学当教授，我在当学生，当助教，当教员，经常有机会见面。

一多比我迟到云南，他从长沙率领学生步行到昆明。在路上一个多月没有刮胡子，到昆明后，发现胡子长得很体面，索性留起来，成为美髯公，他很得意。去年旅行路南游石林，含着破烟斗，穿一件大棉袍，布鞋，扎脚裤，坐在大石头上歇脚的时候，学生给他拍了一张照，神情极好，欢喜得很，放大了一张，装到玻璃框里，到他家的人，都欣赏照片里的胡子。有一次，第五军军长邱清泉在军部开时事座谈会，吃饭的时候，推他和冯友兰先生上座，说两位老先生年高德劭。我插了一句，错了，德虽劭而年不高，明年他才四十五岁。

一直到日本投降的那天，在乡下看到了报，立即叫理发匠

友

把胡子剃了，当天下午进城，满院子的孩子见了，都竖起大拇指，喊："顶好！顶好！"

一部好胡子配上发光的眼睛，在演讲，在谈话紧张的时候，分外觉得话有分量，尤其是眼睛，简直像照妖镜，使有亏心事的人对他不敢正视。

他为胜利牺牲了胡子，为民主献出了生命，献出了儿子。

天生是一个诗人，虽然有十年不写诗了，在气质上，在情感上，即使在政治要求上，还保留了彻头彻尾的诗人情调。

强烈的正义感，无顾忌到畅所欲言，有话便说，畅到使人起舞，使人猛醒，也使人捏一把汗。因为这，他抓住几千几万青年的心，每个青年当他是慈父，是长兄，向他诉苦，抱怨，求援，求领导。也因为这，敌人非置之死地不可。

在前年五四的前几个月，为了一桩事，我去看他。那时，他在昆华中学兼任国文教员，每月有一担米，一点钱和两间房子，虽然忙得多，比前些年有一顿没一顿的情况已经好多了。

从此以后，我们成为朋友。

五四这一天，在联大南区十号历史学会所主办的晚会上，他指出古书的毒素，尤其是孔家店，非打倒不可。要里应外合，大家来干。这晚上的盛会建立了近两年来联大民主运动的基础。

之后，几个月，他参加了民主同盟，由于他的热心和努力，立刻成为领导人之一。

热心的情形到这个地步，民盟是没有钱的，请不起人，有文件要印刷时，往往是他自告奋勇写钢板，不管多少张，从头到尾，一笔不苟。

昆明那时还没有公共汽车，私家也无电话，任何文件要找人签名,跑腿的人一多一定是一个。要开会,分头个别口头通知,他担任了一份,挨家挨户跑,跑得一身大汗,从未抱怨过半句。

去年暑假,昆中换校长,新校长奉命解一多的聘,不好意思说,只说要加钟点,一多明白了,不说什么,卷起铺盖搬家,恰好联大新盖了几所教职员宿舍,抽签抽中了,搬到了我家的对面。从此成天在一起,无事不谈,也无话不谈,彼此的情形都十分明白。

三

一多的气质是刚性的,肚子里有什么,嘴里说什么,从来藏不住话,而且,受不了气。在乡下住,明白了农民的苦痛,他会气得说不出话。谈到政治上的种种,越谈越多,他会一晚睡不着,辗转反侧到天亮。朋友间一言不合,会得当场吵架,眼睛都红了,口吐白沫。等到误会消释以后,又会握手言欢,自动赔不是。

这两年,经过磨炼太多的忧患,真到了炉火纯青的地步。即使在极不快意的时候,对任何一个来访的朋友,温言悦色,从无倦容。并且,他还有一套说服人的本领,左说右说,连求带劝,一直说到对手同意方甘休。

我和他都有怕开会的毛病,我永远不长进,直到此刻还如此。可是一多,他一天一天在进步,努力克服自己的小资产阶级劣根性,应到会无有不出席的,而且,也无不终场。

在宿舍三十三家中,一多夫人说我们两家最穷。有时早晨菜钱无办法,彼此通融,一千二千来回转。

五个孩子带一个老女佣,八口之家,每月薪水只够用十天。

两年前他学会了刻图章。

这故事包含了血和泪。

他研究古文字学,从龟甲文到金石文,都下过功夫。有一天朋友谈起为什么不学这一行手艺。他立刻买一把刻字刀下乡,先拿石头试刻,居然行,再刻象牙,云南是流行象牙章的,刻第一个牙章的时候,费了一整天,右手食指被磨烂,几次灰心、绝望,还是咬着牙干下去。居然刻成了。他说这话时,隔了两年了,还含着泪。

以后他就靠这行手艺吃饭,今天有图章保证明天有饭吃。

图章来得很少的时候,他着急,为了要挨饿。

图章来得很多的时候,更着急,为的是耽误他的工作。

联大分校了,清华复员了,可是他不能走,第一,为了昆明的民主工作需要他主持。第二,为了吃饭,在道路上的几个月中没有图章生意活不了。虽然迟早不免一走,多挨一天到底好一天。第三,一家八口有钱尚且困难,一个穷教授,也根本走不了。

这样,他继续留在昆明,被暗杀在昆明。

一多,我也学你的话,"你是不会死的,你是永远不会死的"!

哭佩弦

◎郑振铎

从抗战以来，接连的有好几位少年时候的朋友去世了。哭地山、哭六逸、哭济之，想不到如今又哭佩弦了。在朋友们中，佩弦的身体算是很结实的。矮矮的个子，方而微圆的脸，不怎么肥胖，但也绝不瘦。一眼望过去，便是结结实实的一位学者。说话的声音，徐缓而有力。不多说废话，从不开玩笑；纯然是忠厚而笃实的君子。写信也往往是寥寥的几句，意尽而止。但遇到讨论什么问题的时候，却滔滔不绝。他的文章，也是那么的不蔓不枝，恰到好处，增加不了一句，也删节不掉一句。

他做什么事都负责到底。他的《背影》，就可作为他自己的一个描写。他的家庭负担不轻，但他全力地负担着，不叹一句苦。他教了三十多年的书，在南方各地教，在北平教；在中学里教，在大学里教。他从来不肯马马虎虎地教过去。每上一堂课，在他是一件大事。尽管教得很熟的教材，但他在上课之前，还须仔细地预备着。一边走上课堂，一边还是十分的紧张。记得在清华大学的时候，有一次我在他办公室里坐着，见他紧张地在翻书。我问道：

"下一点钟有课么？"

"有的，"他说道，"总得要看看。"

像这样负责的教员,恐怕是不多见的。他写文章时,也是以这样的态度来写。写得很慢,改了又改,决不肯草率地拿出去发表。我上半年为《文艺复兴》的《中国文学研究》号向他要稿子,他寄了一篇《好与巧》来;这是一篇结实而用力之作。但过了几天,他又来了一封快信,说,还要修改一下,要我把原稿寄回给他。我寄了回去。不久,修改的稿子来了,增加了不少有力的例证。他就是那么不肯马马虎虎的过下去的!

他的主张,向来是老成持重的。

将近二十年了,我们同在北平。有一天,在燕京大学南大地一位友人处晚餐。我们热烈地辩论着"中国字"是不是艺术的问题。向来总是"书画"同称。我却反对这个传统的观念。大家提出了许多意见。有的说,艺术是有个性的;中国字有个性,所以是艺术。又有的说,中国字有组织,有变化,极富于美术的标准。我却极力地反对着他们的主张。我说,中国字有个性,难道别国的字便表现不出个性了么?要说写得美,那么,梵文和蒙古文写得也是十分匀美的。这样的辩论,当然是不会有结果的。

临走的时候,有一位朋友还说,他要编一部《中国艺术史》,一定要把中国书法的一部门放进去。我说,如果把"书"也和"画"同样地并列在艺术史里,那么,这部艺术史一定不成其为艺术史的。

当时,有十二个人在座。九个人都反对我的意见。只有冯芝生和我意见全同。佩弦一声也不言语。我问道:

"佩弦,你的主张怎样呢?"

他郑重地说道:"我算是半个赞成的吧。说起来,字的确是不应该成为美术。不过,中国的书法,也有他长久的传统的历史。所以，我只赞成一半。"

这场辩论，我至今还鲜明地在眼前。但老成持重，一半和我同调的佩弦却已不在人间，不能再参加那么热烈的争论了。

这样的一位结结实实的人，怎么会刚过五十便去世了呢？——我说"结结实实"，这是我十多年前的印象。在抗战中，我们便没有见过。在抗战中，他从北平随了学校撤退到后方。他跟着学生徒步跑，跑到长沙，又跑到昆明。还照料着学校图书馆里搬出来的几千箱的书籍。这一次的长征，也许使他结结实实的身体开始受了伤。

在昆明联大的时候，他的生活很苦。他的夫人和孩子们都不能在身边，为了经济的拮据，只能让他们住在成都。听说，食米的恶劣，使他开始有了胃病。他是一位有名的衣履不周的教授之一。冬天，没有大衣，把马伕用的毡子裹在身上，就作为大衣；而在夜里，这一条毡子便又作为棉被用。

有人来说，佩弦瘦了，头上也有了白发。我没有想象到佩弦瘦到什么样子；我的印象中，他始终是一位结结实实的矮个子。

胜利以后，大家都复员了，应该可以见到。但他为了经济的关系，径从内地到北平去，并没有经过南方。我始终没有见到瘦了后的佩弦。

在北平，他还是过得很苦。他并没有松下一口气来。

暑假后，是他应该休假的一年。我们都盼望他能够到南边来游一趟。谁知道在假期里他便一瞑不视了呢？我永远不会再有机会见到瘦了后的佩弦了！

佩弦虽然在胜利三年后去世，其实他是为抗战而牺牲者之一。那么结结实实的身体，如果不经过抗战的这一个阶段的至窘极苦的生活,他怎么会瘦弱了下去而死了呢? 他的致死的病是胃溃疡,与肾脏炎。积年的吃了多沙粒与稗子的配给米,是主要的原因。积年的缺乏营养与过度的工作,使他一病便不起。尽管有许多人发了国难财、胜利财,乃至汉奸们也发了财而逍遥法外,许多瘦子都变成了肥头大脸的胖子,但像佩弦那样的文人、学者与教授,却只是天天地瘦下去,以至于病倒而死。就在胜利后,他们过的还是那么苦难的日子,与可悲愤的生活。

在这个悲愤苦难的时代,连老成持重的佩弦,也会是充满了悲愤的。在报纸上,见到有佩弦签名的有意义的宣言不少。他曾经对他的学生们说,"给我以时间,我要慢慢地学"。他在走上一条新的路上来了。可惜的是,他正在走着,他的旧伤痕却使他倒了下去。

他花了整整的一年工夫,编成《闻一多全集》。他既担任着这一个工作,他便勤勤恳恳地专心一志地负责到底地做着。《闻一多全集》的能够出版,他的力量是最大的;他所费的时间也最多。我们读到他的《闻一多全集》的序,对于他的"不负死友"的精神,该怎样的感动。

地山刚刚走上一条新的路,便死了;如今佩弦又是这样。过了中年的人要蜕变是不容易的。而过了中年的人经过了这十多年的折磨之后,又是多么脆弱啊! 佩弦的死,不仅是朋友们该失声痛哭,哭这位忠厚笃实的好友的损失,而且也是中国的一个重大的损失,损失了那么一位认真而诚恳的教师,学者与文人!

———1948 年 8 月 17 日写于上海

忆谢六逸兄

◎茅盾

　　两年前，胜利的鞭炮放过以后，紧接着就听到了一些不好的消息，而其中之一便是谢六逸兄在贵阳病故。他没有听到"胜利的鞭炮"，但不知为什么，他逝世的消息传到重庆却已在"胜利"以后。那时我住在乡下，离重庆水路三十华里，长江边的小村，有人戏尊称之曰"中国海军根据地"的唐家沱。

　　这是个烦嚣而又寂寞的怪地方。烦嚣——因为这小村的官名是"唐家沱新村"或"唐家沱疏建区"，坐落在江北县境内却又直隶于重庆市管辖，它的若干泥路不但拥有"民生"、"民权"（好像并无"民主"）、"建国"、"复兴"乃至"四维"、"五权"等等美名，而且还有全国业已沦陷的各大都市的名号，它的地方的权力者不但有本地的"大爷"，也有外来的"阿拉同乡"，而且既然荣膺了"中国海军根据地"的头衔，当然不会没有"海军"，停泊在"沱"面的几条小军舰不但使这小小的"疏建区"常常出现水兵，也使得这小小的"疏建区"的南京路上出现了福建人开设的茶馆、杂货店和理发铺。真是十足的五方杂居。如果不嫌夸大，那么，耸立在江边的"亚细亚火油厂"内虽然已无滴油，却还有洋人和洋婆子，也够备"华洋杂处"的一格。

　　然而这样一个具备了大都市雏形的"疏建区"，却又是异常寂寞的。这不仅是我这被人家看来十二分"不近人情"的文

友

化人有此感觉,只看当地的其他公民(包括公教人员),整日整夜只好以麻将为唯一的消遣,也就可想而知了。

在这样一个地方,而又当听过了"胜利鞭炮"忽然听出其声空虚的时候,六逸兄逝世的噩耗不但使我悲哀使我怀旧,确也引起了我的无法排遣的怅惘与寂寞。

而且我又记起最后一次和六逸遇见,匆匆数十分钟的谈话,留在我记忆中永远那么浓而至今亦未见褪色的,是这样一个感想:六逸老了,六逸衰且惫了,六逸心境空虚而且寂寞。那次的遇见是在贵阳,太平洋战争的第二年,这小小的山城正喧嚣着各式各样争名逐利的风云人物的声浪。这是六逸的家乡,抗战以后,六逸在这山城的故乡一连住了七个年头了,那时他兼着五六种职务——教书,坐办公桌,每天排定的时间那么紧,几乎连吃饭抽烟的悠闲也被剥夺了;他够忙,然而他的心境空虚而且寂寞。

那时我忽然有了这一个感想:贵阳如果可算是缩小的中国,那么,唐家沱倒像是缩小的贵阳。于是对于六逸的空虚寂寞的心境,我自以为能够了解了——虽然和他最后遇见那一次我正从桂林去重庆,我还不知道距重庆三十华里的长江边上有一个唐家沱,更不用说它之有如贵阳的缩影了。

第一次和六逸见面,少说也有二十年了,日子记不真,总而言之也是夏天,他从日本回到了上海。地点大概是在郑振铎兄的寓所,那时铎兄还没有结婚,他和另外几个朋友同租了一所比较宽大而不是弄堂房子式的小洋房,一进门便有一种上等公寓的感觉。六逸从日本来了,便不打算回去,铎兄却正在设法留他在上海住下。在这一类事上,振铎兄的组织天才向来是朋辈所钦佩的,六逸留下来了,而且一住十多年,直到抗战为止。这十多年中,六逸在商务印书馆编译所中做过"无名英雄",也教过书,编过刊物,最后几年则在复旦大学。当他还在"商务"的时候,我们见面的机会多,我们给他上个尊号:"贵州督军"。尊号何以必称"督军",但凡见过六逸而领略到他那沉着庄严的仪表的,总该可以索解;至于"督军"而必曰"贵州",一则因为他是贵州人,二则我们认为六逸倘回家乡去,还不是数一数二的人物,"至少该当个把督军"。那时谁也料不到,十年后这位"督军"被日本侵略的炮火逼回了家乡,一住七年,却弄得几乎穷无立锥之地!

在上海最后一次和六逸见面(也许这不是事实上的最后一次,但在我记忆中印象最深的,这是最后一次),是在"七七"的上年,《国民周报》发刊的时候。也许现在很少人记得这刊物了,但在那时的低气压中,这"无奇不有"的刊物是适应了时代的需要的。应当记得,这刊物之出现,正在《新生》、《永生》连续被禁,爱国有罪的时期,以广泛的读者阶层为对象的进步的综合性的刊物,在当时成为迫切的需要。但主编的人物颇难其选,于是在这一类事上常常表现出其卓特的组织天才的又一朋友——胡愈之兄,把沉着持重的"贵州督军"拉出来了。那一个可纪念的晚上,大概是在饭店弄堂的一家小馆子,用"无奇不有"这四个字来形象了这刊物的以"广泛读者阶层"为争取对象的,是六逸兄的隽语。那时叫了几样下酒的菜,其中一样是"海瓜子",也是六逸点的;这使我想起了他的太太是宁波人,也曾经是他当了多年的教务主任的神州女校的学生。

后来是"七七","八一三",淞沪战争,上海弃守,一连串的大事,朋友们纷纷走内地,六逸也带了他颇大的一家人取道香港回老家去了。他在香港换船那一天,我也刚刚从上海到了

忆谢六逸兄

香港。离家二十年的游子却在这烽火漫天的时期,和太太以及大群儿女回到了家乡,该有点说不出的甜酸苦辣罢?但是那时的六逸兄和所有往内地去的朋友们一样抱着一种"理想"——也许只能说是"憧憬",不问怎的,精神上总是昂扬的,这和七年以后,敌骑直陷独山,贵阳大恐慌,拖着一家人又不得不想到如何逃难的六逸的心境,该是如何的不同啊。而特别是:在故乡一住七年的六逸只饱尝了空虚和寂寞。

太平洋战争之第二年,我从桂林赴重庆,路过贵阳,寓"贵阳招待所"。预计在贵阳有三四天的逗留,我便计划着找几位多年不见面的朋友谈谈。第一位我就找了六逸。我知道他那时担任了文通书局的总编辑,便到"文通"去看他,哪知扑了一场空,只好留下名片和地址。从"文通"那边,我才知六逸兼职五六个之多,每天奔跑于马路上的时间少说也有三个小时。于是我就想到六逸的经济情形不见得好。六逸的个性我知道一点,他不大喜欢多兜揽;如果不是为了增加收入,他不会兼职如此之多的。那天下午,六逸到"招待所"来看我了。乍一见面,我就觉得这位老朋友"搁浅"在贵阳的六七年间实在弄得身心交疲了。丰腴尚如旧日,然而眉宇之间那股消沉抑悒之态却不时流露于不知不觉。略谈了从桂林到贵阳的路上情形以后,他有意无意地说道:

"刚才进来的时候,宪兵盘查得很认真呢!"

"想来这是例行公事。"我不经意地回答,"因为这是贵阳独一无二的贵族化的旅馆。"

"不然。一向没有宪兵。"口气表示了他很注意这一点小事。

于是我也记了起来:是有一名或两名宪兵经常徘徊于"招

待所”的“新楼”的进出口——“招待所”的房屋有新旧两部，“新楼”是完全西式的，最贵族化的房间，我就住“新楼”；但同时我也悟到何以加了宪兵的原因：

“招待所新楼里还有几位贵宾，广东省的军政大员，宪兵大概是保护他们的。”

六逸笑了，第一次用轻松而幽默的口气说：“哦，这就差不多了，可是刚才我还以为是来‘保护’你的呢！”

“从金城江上车后，当真发现了有人在‘保护’我，不过那是不穿制服的。”我也笑着回答。

渐渐谈到了几年来各人的生活；六逸对于我的动荡多变，东南西北的生活似乎有点兴趣，却叹了口气说他自己道：“在贵阳一住七年，寂寞得很，可是也没法子动呀，孩子们又多又年纪小。”突然他提出一个问题：

“你看还有几年？”

“几年么？”我知道他问的是战事，“总该快了。”

“两三年还可以拖拖，再多真有点吃不消了。”他的口气很认真而且充满了忧虑。

“各人的看法不同。譬如住在上海的人估量起来‘天快亮了’，而我们在桂林的则以为这时还刚刚过了半夜，甚至于是刚刚到了半夜而已。我也是往长处看的。”

六逸叹了口气，不作声；可是我知道他也是“往长处看的”，正唯其他觉得抗战不是三五年所能了结，而物价却天天高涨，所以他有拖不下去的忧惧。

“如果仗打完了，你回不回上海？”我改变了话题。

“当然回上海！”

他这样坚决肯定的回答使我惊异。但是我立刻了解了：

他虽然是贵阳人，但他在贵阳无异是作客——不，有些外乡人却比他更能适应环境。

初回贵阳的时候，六逸本有一番抱负。他并无空想，而且他在战前几乎拿定主意要老死于上海，足证他对于他的故乡了解得如何深刻，而在不得不回故乡以后终于又有一些抱负，则因他觉得到底是在抗战了，抗战应当使最顽强的冰原也起些变化。变化也终于发生了，但却是不利于真正想为国家民族——小而言之为故乡做点事的人。于是六逸不能不碰壁，不能不受猜疑，尚幸他是贵阳人，所以还能在几个学校里兼几点钟课，实是靠卖命养活了一家人。

在贵阳那一次的会见，遂成永诀，是我当时所万万想不到的。我那时觉得贵阳那种喧嚣而又寂寞的环境会把六逸闷死，便劝他迁地为良；但是我这也是白说。拖了一大堆孩子，赚一天吃一天的人，在那抗战时代，要迁地，真是谈何容易！

当六逸的不幸消息传到重庆以后，很多朋友以为他是工作太重而死了的，我却觉得工作太重只是一因，但还不是主因；厌恶那环境，又不能脱离那环境，柴米油盐之外，还有莫名其妙怄气的事天天来打扰，这样抑悒愁烦的心境才是损害他健康的最主要的原因。六逸不是喜欢自我表现的人，他不谈个人的私事，然而我的猜度敢说是绝对正确的。

六逸在上海的时候除了教书只有一样嗜好——日本古代文学。不幸而生当这翻天覆地的大时代，当一名教授养不活家，于是不得不兼职，不得不花时间精力于粉笔、黑板、办公桌，不幸而他又"书呆气"太重，在贵阳那样一个投机活跃的市场他却在喊生活无路，当他的学生们有好多已经飞黄腾达而他却有所不为——这就是他"活该"抑悒以死的全部"罪状"！

如果六逸活到今天,大概他仍然不能展颜一笑的,而他的研究日本古代文学的志愿大概也仍然为了衣食奔忙而不能达到。那么,说一句无可奈何的话,死也是安息罢? 但贵阳一夕之谈,如犹在耳,我不能不为六逸愤慨。值兹两周年纪念,聊记梗概以志永念。至于他对于文学上的贡献将来有机会再为论列罢。

方令孺其人

◎梁实秋

　　方令孺是我的老朋友,已暌违三十余年,彼此不通消息。秦贤次君具有神通,居然辑得方女士散文十篇都成一集,要我一言为序。对我而言,这十篇文字似曾相识,但印象模糊不清,今得重读一遍,勾起我无限怀旧的心情。她的文章思想,原文具在,读者自能体会,无需我来揣 阐释。谨就我所知之方令孺其人,简述数事以为介绍。

　　方令孺,安徽桐城人。桐城方氏 门望之隆也许是仅次于曲阜孔氏。可是方令孺不愿提起 的门楣,更不愿谈她的家世。一有人说起桐城方氏如何如 她便脸上绯红,令人再也说不下去。看她的《家》与《忆江南 两篇文章,我们可以想见她有怎样的一个家,所谓书香门 她的温文尔雅的性格当然是其来有自。

　　方女士早岁嫁于江宁陈氏,育 女。陈为世家子,风流倜傥,服务于金融界,饶有资财。令孺 对于中外文学艺术最为倾心,而对于世俗的生活与家庭的环 殊不措意。二人因志趣不合,终于仳离。这件事给她的打 很大,她在《家》中发出这样的喟叹:

　　　　做一个人是不是一定或 该要个家,家是可爱,还是可恨呢?这些疑问纠缠在 上,教人精神不安,像旧小说里所谓给魔魇住似的。

"家"确实是她毕生摆脱不掉的魔魇。她相当孤独,除了极少数谈得来的朋友之外,不喜与人来往。她经常一袭黑色的旗袍,不施脂粉。她斗室独居,或是一个人在外面彳亍而行的时候,永远是带着一缕淡淡的哀愁。

我最初认识她是在一九三〇年,在国立青岛大学同事杨振声校长的一位好朋友邓初(仲存),邓顽伯之后,在青岛大学任校医,邓与令孺有姻谊,因此令孺来青岛教国文。闻一多任国文系主任。一多在南京时有一个学生陈梦家,好写新诗,颇为一多所赏识,梦家又有一个最亲密的写新诗的朋友方玮德,玮德是方令孺的侄儿,也是一多的学生。因此种种关系,一多与令孺成了好朋友,而我也有机会认识她。青岛山明水秀,而没有文化,于是消愁解闷唯有杜康了。由于杨振声的提倡,周末至少一次聚饮于顺兴楼或厚德福,好饮者七人(杨振声、赵太侔、闻一多、陈季超、刘康甫、邓仲存,和我)。闻一多提议邀请方令孺加入,凑成酒中八仙之数。于是猜拳行令觥筹交错,乐此而不疲者凡两年。其实方令孺不善饮,微醺辄面红耳赤,知不胜酒,我们亦不勉强她。随后东北事起,学生请愿风潮波及青岛,杨振声、闻一多相率引去,方令孺亦于是时离开了青岛。

我再度遇到方令孺是抗战时在重庆。有一天张道藩领我到上清寺国立编译馆临时办公处,见到了蒋碧微和方令孺二位,她们是暂时安顿在那里。随后敌机肆虐,大家疏散下乡,蒋碧微、方令孺都加入了教育部的编委会移居在北碚。在北碚,我和方令孺可以说是望衡对宇,朝夕相见。最初是同住在办公室的三楼上,她住在我的隔壁。我有一天踱到她的房间聊天,看见她有一竹架的中英图书,这在抗战时期是稀有的现象。逃难流离之中,谁有心情携带图书?她就有这样的雅兴,迢迢千里间关入蜀,随身带着若干册她特别喜爱的书。我拣出其中的一本《咆哮山庄》,她说:"这是好动人的一部小说啊!"我说我要把它翻译出来,她高兴极了,慨然借了给我,我总算没有辜负她的好意,在艰难而愉快的情形下把它译出来了。

我搬进"雅舍"之后,方令孺也住进斜对面的编译馆一宿舍里,她占楼上一间。她的女儿和她女儿的男友每星期都来看她。有一次她兴高采烈地邀我和业雅到她室内吃饭。是冬天,北碚很冷,取暖的方法是取一缸瓦盆,内置炭灰,摆上几根木炭,炭烧红了之后就会散发一些暖气。那个时候大家生活都很清苦,拥着一个炭盆促膝谈心便是无上的乐事了。方令孺的侄儿玮德(二十七岁就死了)和陈梦家都称她为"九姑"。因为排行第九,大家也都跟着叫她"九姑",这是官称,无关辈数。我们也喊她九姑,连方字也省了。九姑请我们吃饭,这是难得一遇的事,我们欣然往。入室香气扑鼻,一相当密封的瓦罐在炭火上已经煨了五六小时之久,里面有轻轻的嘟噜嘟噜声。煨的是大块的连肥带瘦的猪肉,不加一滴水,只加料酒酱油,火候到了,十分的酥烂可口。这大概就是所谓东坡肉了吧?这一餐我们非常尽兴,临去时九姑幽幽叹息说:"最乐的事莫如朋友相聚,最苦的事是夜阑人去独自收拾杯盘打扫地下,那时的空虚寥落之感真是难以消受啊!"我们听了,不禁愀然。

有一回冰心来北碚,雅舍不免一场欢宴。饭后冰心在我的一个册页簿上题字——

一个人应当像一朵花，不论男人或女人。花有色、香、味，人有才、情、趣，三者缺一，便不能做人家的一个好朋友。我的朋友之中，男人中只有实秋最像一朵花，……

在人家作客，不免恭维主人几句，不料下笔未能自休，揄扬实在有些过分，这时节围在一旁的客人大为不满，尤其是顾毓珍叫嚣得最厉害，他说："实秋最像一朵花，那我们都不够朋友了？"冰心说："稍安勿躁，我还没有写完。"于是急下转语，继续写道——

　　虽然是一朵鸡冠花，培植尚未成功，实秋仍须努力！

草草结束，解决了当时尴尬的局面。过了些时，九姑看到了冰心的题字，不知就里，援笔也题了几句话，她写道——

　　余与实秋同客北碚将近二载，藉其诙谐每获笑乐，因此深知实秋"虽外似倜傥而宅心忠厚"者也。实秋住雅舍，余住俗舍，二舍遥遥相望。雅舍门前有梨花数株，开时行人称羡。冰心女士比实秋为鸡冠花，余则拟其为梨花，以其淡泊风流有类孟东野。唯梨花命薄，而实秋实福人耳。

庚辰冬夜　令孺记

　　一直到抗战胜利，九姑回到南京。以后我们就没有再会过。我来台湾后，在报端偶阅一段消息，好像她是在上海杭州一带活动，并且收集砚石以为消遣。从收集砚石这件事来看，我知道她寄情于艺苑珍玩，当别有心事在。"石不能言最可人。"她把玩那些石砚的时候，大概是想着从前的日子吧？

怀念曹禺

◎巴金

一

家宝逝世后,我给李玉茹、万方发了个电报:"请不要悲痛,家宝并没有去,他永远活在观众和读者的心中!"话很平常,不能表达我的痛苦,我想多说一点,可颤抖的手捏不住小小的笔,许许多多的话和着眼泪咽进了肚里。

躺在病床上,我经常想起家宝。六十几年的往事历历在目。

北平三座门大街十四号南屋,故事是从这里开始的。靳以把家宝的一部稿子交给我看,那时家宝还是清华大学的一个学生。在南屋客厅旁那间用蓝纸糊壁的阴暗小屋里,我一口气读完了数百页的原稿。一幕人生的大悲剧在我面前展开,我被深深地震动了!就像从前看托尔斯泰的小说《复活》一样,剧本抓住了我的灵魂,我为它落了泪。我曾这样描述过我当时的心情:"不错,我流过泪,但是落泪之后我感到一阵舒畅,而且我还感到一种渴望,一种力量在身内产生了,我想做一件事情,一件帮助人的事情,我想找个机会不自私地献出我的精力。《雷雨》是这样地感动过我。"然而,这却是我从靳以手里接过《雷雨》手稿时所未曾想到的。我由衷佩服家宝，他有大的才华，我马上把我的看法告诉靳以，让他分享我的喜悦。《文学季刊》破例一期全文刊载了《雷雨》，引起广大读者的注意。第二年，我旅居日本，在东京看了由中国留学生演出的《雷雨》，那时候，《雷雨》已经轰动，国内也有剧团把它搬上舞台。我连着看了三天戏，我为家宝高兴。

　　一九三六年靳以在上海创办《文季月刊》，家宝在上面连载四幕剧《日出》，同样引起轰动。一九三七年靳以又创办《文丛》，家宝发表了《原野》。我和家宝一起在上海看了《原野》的演出，这时，抗战爆发了。家宝在南京教书，我在上海搞文化生活出版社，这以后，我们失去了联系。但是我仍然有机会把他的一本本新作编入《文学丛刊》介绍给读者。

　　一九四〇年，我从上海到昆明，知道家宝的学校已经迁至江安，我可以去看他了。我在江安待了六天，住在家宝家的小楼里。那地方真清静，晚上七点后街上就一片黑暗。我常常和家宝一起聊天，我们隔了一张写字台对面坐着，谈了许多事情，交出了彼此的心。那时他处在创作旺盛时期，接连写出了《蜕变》、《北京人》，我们谈起正在上海上演的《家》（由吴天改编、上海剧艺社演出），他表示他也想改编。我鼓励他试一试。他有他的"家"，他有他个人的情感，他完全可以写一部他的《家》。一九四二年，在泊在重庆附近的一条江轮上，家宝开始写他的《家》。整整一个夏天，他写出了他所有的爱和痛苦。那些充满激情的优美的台词，是从他心底深处流淌出来的，那里面有他的爱，有他的恨，有他的眼泪，有他的灵魂的呼号。他为自己的真实感情奋斗。我在桂林读完他的手稿，不能不赞叹他的才华，他是一位真正的艺术家！我当时就想写封信给他，希望他把心灵中的宝贝都掏出来，可这封信一拖就是很多年，直到一九七八年，我才把我心里想说的话告诉他。但这时他已经满身创伤，我也伤痕遍体了。

<h1 style="text-align:center">二</h1>

　　一九六六年夏天，我们参加了亚非作家北京紧急会议。那时"文革"已经爆发。一连两个多月，我和家宝在一起工作，我们去唐山，去武汉，去杭州，最后大会在上海闭幕。送走了外宾，我们的心情并没有轻松，家宝马上要回北京参加运动，我也得回机关学习，我们都不清楚等待我们的将是什么。分手时，两人心里都有很多话，可是却没有机会说出来。这之后不久，我们便都进了"牛棚"。等到我们再见面，已是二十年后了。我失去了萧珊，他失去了方瑞，两个多么善良的人！

　　在难熬的痛苦的长夜，我也想念过家宝，不知他怎么挨过这段艰难的日子。听说他靠安眠药度日，我很为他担心。我们终于还是挺过来了。相见时没有大悲大喜，几句简简单单的话说尽了千言万语。我们都想向前看，甚至来不及抚平身上的伤痕，就急着要把失去的时间追回来。我有不少东西准备写，他也有许多创作计划。当时他已完成了《王昭君》，我希望他把《桥》写完。《桥》是他在抗战胜利前不久写的，只写了两幕，后来他去美国讲学就搁下了。他也打算续写《桥》，以后几次来上海收集材料。那段时间，我们谈得很多。他时常抱怨，不能做自己想做的事情。我劝他少些顾虑，少开会，少写表态文章，多给后人留一点东西。我至今怀念那些日子：我们两人一起游豫园，走累了便在湖心亭喝茶，到老饭店吃"糟钵头";我们在北京逛东风市场,买几根棒冰,边走边吃,随心所欲地闲聊。那时我们头上还没有这么多头衔,身边也少有干扰,脚步似乎还算轻松,我们总以为我们还能做许多事情,那感觉就好像是又回到了三〇年代北平三座门大街。

但是,我们毕竟老了。被损坏的机体不可能再回复到原貌。眼看着精力一点一点从我们身上消失,病魔又缠住了我们,笔在我们手里一天天重起来,那些美好的计划越来越遥远,最终成了不可触摸的梦。我住进了医院,不久,家宝也离不开医院了。起初我们还有机会住在同一家医院,每天一起在走廊上散步,在病房里倾谈往事。我说话有气无力,他耳朵更加聋了,我用力大声说,他还是听不明白,结果常常是各说各的。但就是这样,我们仍然了解彼此的心。

我的身体越来越差,他的病情也加重了。我去不了北京,他无法来上海,见面成了奢望,我们只能靠通信互相问好。一九九三年,一些热心的朋友想创造条件让我们在杭州会面,我期待着这次聚会,结果因医生不同意,家宝没能成行。这年的中秋之夜,我在杭州和他通了电话,我清清楚楚地听到他的声音,还是那么响亮,中气十足。我说:"我们共有一个月亮。"他说:"我们共吃一个月饼。"这是我最后一次听到他的声音。

三

我和家宝都在与疾病斗争。我相信我们还有时间。家宝小我六岁,他会活得比我长久。我太自信了。我心里的一些话,本来都可以讲,他不能到杭州,我可以争取去北京,可以和他见一面,和他话别。

消息来得太突然,一屋子严肃的面容,让我透不过气。我无法思索,无法开口,大家说了很多安慰的话,可我脑子里却是一片空白。我不能接受这个事实,前些天北京来的友人还告诉我,家宝健康有好转,他写了发言稿,准备出席六届文代会的开幕式。仅仅只过了几天! 李玉茹在电话里说,家宝走得很安详,是在睡梦中平静地离去的。那么他是真的走了。

十多年前家宝在给我的一封信中,写了这样的话:"我要死在你的前面,让痛苦留给你……"我想,他把痛苦留给了他的朋友,留给了所有爱他的人,带走了他心灵中的宝贝,他真能走得那么安详吗?

我的难友邵洵美

◎贾植芳

我和邵洵美先生相识，纯然是偶然的机遇，虽然从三十年代初以来，通过报刊等传播工具已对他相当熟悉了，与他开始相识的时间记得是一九五二年。

那一年，韩侍桁在南京路新雅酒家请客，宴请斯汤达的小说《红与黑》的译者罗玉君教授。邀请作陪的有李青崖、施蛰存、刘大杰、余上沅、邵洵美诸位文苑人士，我们夫妇也叨陪末座。那时韩侍桁在自己从事文学翻译工作的同时，还办了一家叫国际文化服务社的出版社，他自行编辑了一套《世界文学名著译丛》，很想将原来由南京正中书店印行，当时已经绝版的罗先生的旧译《红与黑》收入这个《译丛》重新与读者见面。所以举行这个座谈式的宴会，一来和新老故旧叙旧，二来也是请大家共襄盛举的意思。其中邀请的客人中，除了李青崖和施蛰存两位是我在震旦大学的旧同事外，余上沅、刘大杰又是我当时在复旦大学的新同事，都算是熟人了，只有邵洵美、罗玉君两位，却是初会。

记得是在众人已入座举杯的时候，邵洵美才匆匆地赶来。他身材高大，一张白润的脸上，一只长长的大鼻子尤其引人注目。他穿了一件古铜色又宽又长的中式丝绸旧棉袄，敞着领口；须发蓬乱，颇有些落拓不羁，而又泰然自若的神气。这就是我第一次与他相见时的印象。

一九五四年秋天的一个晚上，我们夫妇又应邀在韩侍桁家里吃蟹，也是吃到中途，邵洵美撞进来了，匆匆入座就食。这两次相会，大家都是天南地北地闲聊，我们之间并没有多少对话。但在事后，却引起我将他和自己印象中的邵洵美相对照。他早期办过"金屋书店"，出版过《金屋月刊》，后来又是新月社重要人员之一；还主编过《十日谈》、《时代画报》等。他的诗集《花一般的罪恶》、《火与肉》等，更被视为中国唯美派诗歌的力作。解放初，四川中路出现过一家时代书局，用突击的形式出版了不少宣传马克思主义的早期著作，因大半属于第二国际人物，如考茨基、希法亭等人的著作，而受到《人民日报》的严厉批评，这个书局也就昙花一现似的消失了。据传言说，它的出资老板正是多次经营出版事业的邵洵美。由于对于他在文学界的旧印象，我当时不禁哑然失笑：他怎么忽然异想天开地要吃马列主义的饭来了。

一九五五年，我因胡风案被捕关押，到了所谓"自然灾害"期间，由于饥馑成灾，我在长期的羁押生活中，也像大多数同监犯那样，得了浮肿病，大小腿全肿得又粗又亮，差不多快要蔓延到腹部上来了。一九六〇年秋冬之际，监狱当局终于把我送到提篮桥监狱的病院住院治疗，那里的"人民医生"（因为在这里看病的还有"医务犯"，即犯法前的职业医生）略为检视了一下，便开了个"高蛋白"的药方，我被留下住院治疗。我吃的所谓"高蛋白"，其实就是黄豆芽、豆腐之类的蔬菜，偶尔有几片油煎带鱼。但就是这样的"高蛋白"，也有神效，我在病床上躺了不到三天，腿部的浮肿居然逐渐消退下去了。其实这病医生不看，我这个"医盲"也明白，那不过是"饿病"，只要能吃饱肚子就一切正常了。因此三天后，在监狱病房服役的"劳改犯"（即判刑的犯人）就叫我下床劳动，打扫卫生，负责照料重病犯的大小便，并为他们喂饭、喂水。我曾向这位自称是病区负责人的劳改犯提出抗议："我的病还未好利索，而且我快五十岁了，那些仍然躺在床上休养的年轻犯人，身体比我强，你为什么不叫他们起来劳动呢？"他理直气壮地训斥我说："你怎么能和他们比？他们是普通刑事犯，你是一所来的政治犯、反革命，你没有公民权，叫你干什么你就得干什么，要不报告管理员，说你对抗改造，那就要吃手铐了，我劝你还是识相点！……"这不啻是一堂政治课，使我恍然大悟：自己眼前的身份还不如那些年轻的阿飞流氓，因为他们是"普通"刑事犯啊。因此，怪不得当这位"头头""教育"我的时候，那些懒洋洋躺在床上的年轻病犯，个个挤眉弄眼，向我这个政治犯投来蔑视的眼光，嘴里还不干不净地奚落我……

　　我在病院住了十三天，就给搬到称为"休养监"的八号楼监狱。那个面积长宽六尺只能住一只老虎的狱室，竟密密麻麻地挤了七个人，还有一只臭气四溢的马桶，放在身旁。这里一天虽然也是三餐，但在午晚两餐，都发一个犯人称之为"巧克力馒头"（其实是高粱粉、玉米粉与花生壳的混合品）的杂粮馒头，大约有一两来重，像我这样的食量，就可以吃得半饱了，到底比我原来住的第一看守所的伙食丰富多了。

　　在这里"享福"不到五天，我又被押回第一看守所，被收押在二楼的一个监房里。这在监狱生活里叫"调房间"，同"抄靶子"一样，是监狱生活的例行公事，我一脚踏进狱室的门，发现里面空荡荡的，只有一个体弱的老人蜷缩在一个角落里。当管理人员在身后锁好门以后，他抬起头望着我，呆滞的目光突然发亮。他小声对我说："我们不是一块在韩侍桁家里吃过螃蟹吗?"我向他点点头,一边用下巴指着门口,要他不要再说下去。因为我从几年的监狱生活中摸到一个规律:凡是管理人员押进一个犯人后,他虽然把门锁上了,但都会在门外停留片刻,从门上的小监视孔里观察室内犯人的动静,如果发现异样情况,他会马上开了门冲进来,进行盘问,甚至一个个地调出去审问:"你们谈什么?""坦白从宽、抗拒从严。你们认识不认识?"如果交代了相互原来认识,马上会被调离,并要你交代彼此的"关系史"。总之,要弄出一大堆麻烦来。因此,当我这么向他示意后,他马上就醒悟了,看来他也是个"老举",生活已教他懂得了吃这号官司的"规矩"了。

开过午饭后,我同他各自坐在自己的铺位上闭目养神,虽然刚吃过饭,但至多六百毫升(注:当时犯人以"毫升"为计量单位,来估量所领饭食的多少)的菜皮烂饭,仍不堪果腹。因此,闭着眼睛静静听着彼此的肚皮咽咽地叫,倒也是一种奇妙的音乐。这时,他忽然向门口走去吆喝"报告",向管理员讨来钢笔墨水,说是要写交代材料。等拿到钢笔墨水后,他却从屁股下面的铺位上拿出几张草纸,放在膝盖上低头写着什么,过了一会儿,我忽然被他撞醒,他把写好的草纸塞给我,我向门口警惕地看了一眼,才低头读他写的东西。原来是一首七言诗,题为《狱中遇甄兄有感》,其中有"有缘幸识韩荆州"一类话,我含笑地向他点点头,表示我看过了,谢谢他的盛情;同时告诉他,这东西马上得撕毁,撂在马桶里,要不给管理员"抄靶子"时发现了,我们都得吃手铐。说着,我动手把它撕掉,起身掼在屋角的马桶里,又端起旁边的脸盆,把留下准备擦地板的洗过脸的脏水冲了进去……

我说了半天，这里得交代一句：我在这个狱室里所碰到的正是邵洵美先生。想不到从此我们竟在这间狱室里做了近四个月的"同监犯"，这真如俗语所说："人生何处不相逢"啊！

从第二天起，监房里陆续来了不少新客，大约有十几个。记得其中有一位是白俄，他在英国剑桥读过书，原来是上海英文《字林西报》的编辑。此人有五十多岁，彬彬有礼，虽然身在囚中，仍不失绅士风度。还有一个日本中年男子，据说敌伪时期在济南大观园开过一个店名"壶"的咖啡馆，大约是个日本浪人。还有一个台湾人，五十多岁，是上海一家细菌研究所的研究员。其余都是中国大陆上的人，都是五十岁上下的，他们都属于旧社会的上层阶级，有新式资本家，也有上层官吏，还有天主教的神甫，好在这里只准用番号互相称谓，谁也不知道谁的真实姓名，虽然墙上贴的监规上写着不准互相交谈案情，但时间一久，也多少互相知道了一点；同时，监房的人多了，也便于相互低声交谈，一发现走廊有管理员的脚步声，就有人警惕地大声咳嗽打信号，马上就沉默下来了，个个规规矩矩地坐在自己的铺位上。最佳的彼此交谈机会是一日三顿饭后，大家排成一队，绕着地板"活动"的时候，大家边活动边窃窃私语。这个监房的犯人谈话使用的语言，除了汉语外，还有日语、英语、法语等多种语种，因为在押犯人大都懂得一种或两种外文，很像一个"国际监狱"。

我从邵洵美的谈话中，得知他是一九五八年继续"肃反"时被抓进来的。他说他在早年和南京政府的要员张道藩与谢位鼎（早年在开明书店曾出版过一本研究法国文学的书，也是一个现代派诗人，后来弃文从政，做过国民党政府驻梵蒂冈大使）三个人磕过头，结为把兄弟。抗战胜利后，张道藩给了他一个电影考察特使的名义,他自费考察了英美电影界,会见过卓别林等著名影星,所以"肃反"时被作为"历史反革命"给关了进来,已关了快五年了。

我和邵洵美同监时期,正是冬春之交。我们这个监房关押的人,大概都是些老犯人,所以很少有提审,大家都莫名其妙地挨过一天又一天,谁也不能掌握自己的命运,只好听天由命。那时正是所谓自然灾害时期,因此大家每日关心的并不是何时被释放和与家人团聚,而是如何能活下去,千万不要"竖的进来,横的出去"。因为我们都挣扎在饥饿线上,一天盼来盼去,就是希望早晚两餐稀饭能厚一些、多一些,哪怕多一口,也是运气;中午那顿干饭能干一些、多一些。因为早晚那两餐稀饭,都是些汤汤水水,除过一些烂菜皮,米粒历历可数;中午那一餐干饭,其实是菜皮烂米,形同烂稀饭,用筷子都挑不起来。按照不成文的监规,每个犯人由当局发给一只腰形铁皮盒子(俗称"铁盒子"),开饭前,犯人们向着监房的小窗口排好队,一一把手里的铁盒子伸向小窗,由狱警逐一打饭。打好饭后,犯人们显出非常珍惜的神情,如果铁盒子外面留有几粒米粒,就赶紧伸出舌头舔干净,然后又小心翼翼地把稀饭或干饭倒在自己早已准备好的搪瓷杯子里,按通常的标准,稀饭约有一千毫升,如果能有一千挂零,就沾沾自喜,感到自己额角头高,别的犯人也露出不胜羡慕而又不免带点嫉妒的神色;如果不到一千毫升,那简直像受了天大的委屈似的,感到愤愤不平。中午的干饭能有六百毫升,就算是最高标准,甚至算是一种荣耀了。——这些受过高等教育,又是都有些社会身份的人们,此刻的生活境界和人生欲望已经缩小到一般动物的境界了!人的穷通贵贱原来不过一张纸的两面,它们之间并不是不可逾越的。犯人们把领来的饭倒在自己的搪瓷杯子里后，就都回到自己的铺位上，以一种庄严而郑重的神情来吃饭，大家都吃得很慢，吃得有滋有味；吃到一半，就都舍不得吃了，而是把饭盒包在自己的棉被里，留到肚皮叫的时候（上午十时，下午三时，晚上七时以前，因为开饭时间为早上八时，中午十一时，下午五时），再拿出来吃。吃完后，一般人都再用手指一下一下地刮光搪瓷杯子里的剩余粥汤米粒，放在嘴里舔，一幅幅不堪入目的贪婪相，活现出动物本能的求生欲望。邵洵美并不听从大家的好意劝告，几乎每餐饭都一下子吃光、刮光。他一再气喘吁吁地说："我实在熬不了了！"这时也往往使他触景生情地谈到自己的过去生活。

邵洵美的岳祖父是清末的邮传部尚书盛宣怀，他的妻子是盛家的大小姐。盛宣怀去世时，除了法租界的大片房地产外，光现款就有三千万两银子。几个儿子都是些只知道吃喝玩乐的纨绔子弟。邵一家五口人，仆人倒有三十多个。他是英国留学生，在国际饭店没有建立以前，西藏路的"一品香"是上海最大的西菜馆和西式旅馆，他是"一品香"的常客。他那时每年过生日，都在"一品香"，因为他属老虎，他事前都向"一品香"定做一只像真老虎那样大的奶油老虎，作为生日蛋糕。到生日那天，这只奶油老虎摆在一只玻璃橱内，橱的四周缀满红绿电灯（因为那时候还没有霓虹灯）。他过的就是这样的豪华生活。只是几次经营上的失败，他才家道衰落了。他说，他被捕前，虽然作为人民文学出版社的社外翻译，每月可先预支二百元稿费，但他仍入不敷出，往往以卖藏书补贴。那时外文书不吃香，一本牛津世界文学名著才卖一毛钱。而他就任人民文学出版社社外翻译，还是经夏衍同志力荐取得的。为此，他很感谢夏衍的助人于危难之中的真诚友情。他告诉我，大约在一九二八年至一九二九年间，他正在上海办"金屋书店"，一天有个朋友来对他说，有个叫沈端先(夏衍原名)的朋友是你的同乡(浙江人)，刚从日本留学归来，生活无着，你是否可以为他出版一本书，接济他一下。邵洵美听后，欣然同意，接下由沈端先翻译的日本作家厨川白村写的《北美游记》一书后，马上拿出五百元钱付给沈端先。此事，邵洵美并未放在心上，但建国初期，邵洵美生活困难之际，夏衍却不怕惹出麻烦地及时给予他帮助，使他很是感动。临被捕前，《新民晚报》的朋友曾约他以他的家庭生活为题材写一部连载长篇小说《大家庭》，他觉得这个题材很像现代的《红楼梦》，可惜还来不及动笔，他就被搭进来了。

他患有哮喘病，总是一边说话，一边大声喘气，而他又生性好动，每逢用破布拖监房的地板，他都自告奋勇地抢着去干。他一边喘着粗气，一边弯腰躬背，四肢着地地拖地板。老犯人又戏称他为"老拖拉机"，更为监房生活增加了一些欢笑。

又因为我和他在"外面"有两面之谊，又都属于同一行业——文化界，所以我们交谈的机会就更多一些。当他得知我在解放前写过《中国近代经济社会》一书时，答应将来在外面相见时，将自己收藏的有关盛宣怀资料送给我，作为研究材料。因为他比我晚进来三年，又为我带来不少外面讯息。另外，我还从他那里知道，我的妻子任敏释放后，和他的小女儿同在一个出版社工作，往来甚频。他的小女儿和莎士比亚的翻译者方平的婚事，正是由我的妻子从中作伐而结合的。因为我们和方平也是朋友。他说，也是这位方平同志，他的第一部莎翁著作译本《捕风捉影》，因为在翻译时得到过我的一些资料上的帮助,他在出书时写的序言中,提了一下我的名字表示感谢,又托我转送胡风一册请教,为此"罪行",一九五五年被人检举,下乡劳动了一年,等等。

由于饥饿的监房生活,加上他的气喘病日渐严重,他对自己出狱的希望不免感到渺茫,甚至绝望。一次他竟郑重其事地对我说:"贾兄,你比我年轻,身体又好,总有一日会出去的。我有两件事,你一定要写一篇文章,替我说几句话,那我就死而瞑目了。第一件是一九三三年英国作家萧伯纳来上海访问,我作为世界笔会的中国秘书,负责接待工作,萧伯纳不吃荤,所以,以世界笔会中国分会的名义,在'功德林'摆了一桌素菜,用了四十六块银元,由我自己出钱付出。参加宴会的有蔡元培、宋庆龄、鲁迅、杨杏佛,还有我和林语堂。但当时上海的大小报纸的新闻报道中,却都没有我的名字,这使我一直耿耿于怀,希望你能在文章中为我声明一下,以纠正记载上的失误。还有一件,我的文章,是写得不好,但实实在在是我自己写的,鲁迅先生在文章中说我是'捐班',是花钱雇人代写的,这真是天大误会。我敬佩鲁迅先生,但对他轻信流言又感到遗憾! 这点也拜托你代为说明一下才好……"

一九六一年初夏,我调到另一个监房,想不到竟这么突然地和他分开了,而这竟又成为我们之间的永诀!

一九六六年三月底,我以"胡风骨干分子"罪名被判处有期徒刑十二年,旋即押回原单位复旦大学"监督劳动",经过接踵而来的十年"文革"的苦难,我总算活了过来,在一九八〇年底得到平反,回到了原来的工作岗位。在"监督劳动"期间,我一次问和我一块被"监督"的潘世兹先生,知不知道邵洵美的情况,因为他们都是早期的留英学生,潘先生在调来复旦外文系以前是圣约翰大学的校长,家又住在沪西一带。他告诉我说,他们多年没有来往了,但似乎听说他已从"里面"出来了,日子非常艰难,听说连睡觉的床也卖了,睡在地板上。我一边庆幸他终于活下来了,一边又不免为他的处境担忧。而当时我泥菩萨过河,自身难保,更谈不到对他有什么帮助和关心了。一直到我平反后,他的在中学教英文的儿子来看我时,我才知道他在"文革"前就释放了,和他们夫妇一块挤在一间小房里艰难度日,挨到一九六八年在贫病交加中病故了。

我现在写这篇文章,一方面为了履行二十七年前邵洵美先生在狱中对我的委托,一方面藉此表示我对这位在中国现代文学界和出版界有其一定影响和贡献的诗人、翻译家和出版家的一点纪念的微忱。因为多年来,在"左"的文艺思潮和路线的统治下,他的名字和作品久已从文学史和出版物中消失了,被遗忘了。这个历史的失误,也到了应该纠正的时候了。

滇云浦雨话从文

◎施蛰存

　　五月十六日，在《新民晚报》上看到沈从文逝世的消息，极为惊讶。前不久，我还收到从文夫人张兆和的信，说从文的病已大有好转，能在屋子里走几步，手也灵活了些，可望再执笔了。岂知好转现象，却是凶兆。

　　当晚，我拟了一副挽联，翌晨，托老友包谦六写好，寄去北京，以申远地友朋哀悼之情。联语云："沅芷湘兰，一代风骚传说部；滇云浦雨，平生交谊仰文华。"上联说从文的作品是现代的楚风、楚辞，不过不表现为辞赋，而表现为小说。下联说我和从文的交谊，虽然有五六十年之久，但经常会面的机会，只有在上海的三四年和在昆明的三年。彼此离居的时候，也不常有书信来往。因此，我和从文的交情，形迹是可谓疏远的，但由于彼此相知较深，在出处之间，以及一些社会关系，有共同之处，在一个时代的文人之间，也有理由可以彼此都认为至友。

　　一九二七年四月以后，蒋介石在南方大举迫害革命青年，张作霖在北方大举迫害革命青年。这里所谓革命青年，在南方，是指国民党左派党员，共产党、团员；在北方，是指一切国民党、共产党分子，和从事新文学创作，要求民主、自由的进步青年。张作霖把这些人一律都称为"赤匪"，都在搜捕之列。

一九二七年五、六、七月,武汉、上海、南京、广州的革命青年,纷纷走散。一九二七年下半年至一九二八年上半年,北平、天津的革命青年纷纷南下。许钦文、王鲁彦、魏金枝、冯雪峰、丁玲、胡也频、姚蓬子、沈从文,都是在这一段时期中先后来到上海,我认识他们,也在这一段时期,而且大半是冯雪峰介绍的。

一九二八年至一九二九年,丁玲、胡也频、沈从文在法租界萨坡赛路(今淡水路)租住了两间房子,记得仿佛在一家牛肉店楼上。他们在计划办一个文艺刊物《红与黑》。我和刘呐鸥、戴望舒住在北四川路,办第一线书店,后改名水沫书店。彼此相去很远,虽然认识了,却很少见面的机会。丁玲和胡也频比较多地到虹口来,因为也频有一部稿子交水沫书店出版。他们俩来的时候,从文都在屋里写文章,编刊物,管家。他们三人中,丁玲最善交际,有说有笑的,也频只是偶然说几句,帮衬丁玲。从文是一个温文尔雅到有些羞怯的青年,只是眯着眼对你笑,不多说话,也不喜欢一个人,或和朋友一起,出去逛马路散步。

一九二九年十月,我在松江结婚。冯雪峰、姚蓬子、丁玲、胡也频、沈从文、徐霞村、刘呐鸥、戴望舒等许多文艺界朋友都从上海来参观婚礼。从文带来了一幅裱好的贺词。这是一个鹅黄洒金笺的横幅,文云"多福多寿多男女",分四行写,下署"丁玲、胡也频、沈从文贺"。这是我第一次见到从文的毛笔书法,已是很有功夫的章草了。贺词原是一个成语,称为"华封三祝",原句应当是"多男子",从文改为"多男女",表示反对封建家庭只重生男的陋俗。可是,尽管从文这样善颂善祷,我结婚后生了一个女孩,不到二岁就夭殇了。以后接连生了四个男孩子,竟没有一个女儿,未免辜负了从文的反封建祝愿。

十月是松江名产四鳃鲈鱼上市的时候。我为了招待上海朋友，特地先期通知办喜筵的菜馆为这一桌上海客人加一个四鳃鲈火锅。这一席酒，他们都吃得谈笑风生，诵苏东坡《赤壁赋》"巨口细鳞，状如松江之鲈"的名句，看到了直观教材，添了不少酒兴。饮至九时，才分乘人力车到火车站，搭十点钟的杭沪夜车回到上海。

这是这一群文学青年最为意气风发，各自努力于创作的时候，也是彼此之间感情最融洽的时候。谁想象得到，一二年之后，也频为革命而牺牲，丁玲态度大变，雪峰参加了革命的实际工作，行踪秘密，蓬子被捕，囚在南京，徐霞村回归北平，沈从文有一个时期不知下落，后来听说在中国公学，淞沪抗日战争以后，也回到北平去了。

从文在上海最多三年，我和他见面不到十次。直到我编《现代》杂志，写信去向他索稿，才从往来书信中继续了友谊。在这一时期，我知道他很受胡适器重。他在中国公学任教，为《新月》和《现代评论》写小说，都是胡适的关系。随后，胡适又把从文介绍给杨振声。当时教育部成立一个教材编审委员会，杨振声负责编审各级学校语文教材，就延聘从文在那里工作。由此，从文有了一个固定的职业，有月薪可以应付生活。但这样一来，写作却成为他的业余事务，在他的精神生活上，有些主客颠倒。于是他不得不挤出时间来从事写作，常常在信里说，他寄我的稿子是流着鼻血写的。

一九三七年九月下旬，我应国立云南大学校长熊庆来先生之聘，来到昆明。和我同时来到的有李长之、吴晗、林同济、严楚江等人。这是抗战爆发后第一批到达昆明的外省人，不过二三十人。他们都是在"卢沟桥事变"以前决定应聘的，所以他们的来到昆明,不是由于战事影响。但两三个月之后,昆明市上出现了大批外省人。第二批到达的是中央银行职员。第三批到达的是杭州笕桥空军,他们把基地转移到昆明。第四批到达的是清华、北大师生和中央研究院人员。清华、北大两校合并为西南联合大学,因为昆明还没有校舍,暂时在蒙自上课。沈从文和杨振声,属于中央研究院,他们先到昆明,在云南大学附近租了民房作办公室和住宅。从文只身一人,未带家眷,住在一座临街房屋的楼上一间。那种楼房很低矮,光线也很差,本地人作堆贮杂物用,不住人。从文就在这一间楼房里安放了一只桌子、一张床、一只椅子,都是买来的旧木器。另外又买了几个稻草墩,供客人坐。

从此,我和从文见面的机会多了。我下午无课,常去找他聊天。渐渐地,这间矮楼房成为一个小小的文艺中心。杨振声和他的女儿杨蔚,还有林徽因,都是我在从文屋里认识的。杨振声是位忠厚长者,写过一本小说《玉君》之后,就放弃了文学创作,很可惜。林徽因很健谈,坐在稻草墩上,她会海阔天空地谈文学,谈人生,谈时事,谈昆明印象。从文还是眯着眼,笑着听,难得插一二句话,转换话题。

昆明有一条福照街,每晚有夜市,摆了五六十个地摊。摊主都是拾荒收旧者流,每一个地摊点一盏电石灯,绿色的火焰照着地面一二尺,远看好像在开盂兰盆会,点地藏香。我初到昆明,就有人介绍我去"觅宝",开头是和李长之、吴晗一起去,后来长之被云南人驱逐出境,吴晗结识了教育厅长龚自知,几乎每晚都到龚家去打牌。于是,沈从文遂成为我逛夜市的伴侣。

这些地摊上的货物,大多是家用器物。电料、五金零件、衣服之类，我们都没有兴趣，看一眼就走过。但也会有意外的收获。有一次，从文在一堆盆子碗盏中发现一个小小的瓷碟，瓷质洁白，很薄，画着一匹青花奔马。从文说，这是康熙青花瓷，一定有八个一套，名为"八骏图"。他很高兴地花一元中央币买了下来。当时的中央币一元，值旧滇币十元，新滇币二元，民间买卖，还在使用滇币，因此，使用中央币的外省人，都觉得云南物价廉平。

这个康熙"八骏图"瓷碟，引起了从文很大的兴趣。他告诉我，他专收古瓷，古瓷之中，又专收盆子碟子。在北平家里，已有了几十个明清两代的瓷盆。这回到昆明，却想不到也有一个大有希望的拓荒地。

有一天晚上，我们在一堆旧衣服中发现两方绣件，好像是从朝衣补褂上拆下来的。从文劝我买下。他说："值得买。外国妇女最喜欢中国绣件，拿回去做壁挂，你买下这两块，将来回上海去准可以销洋庄。"我听他的话，花四元中央币买下了。后来送给林同济夫人，她用来做茶几垫子。当时的林同济夫人，是一位美国人。

在福照街夜市上，我们所注意的是几个古董摊子，或说文物摊子。这些地摊上，常有古书、旧书、文房用品、玉器、漆器，有时还可以发现琥珀、玛瑙，或大理石的雕件。外省人都拥挤在这些摊子上，使摊主索价愈高。我开始搜寻缅刀和缅盒。因为我早就在清人的诗集和笔记中见到：云南人在走缅甸经商时，一般都带回缅刀，送男子；缅盒，送妇女。缅刀异常锋利，钢质柔软，缅盒是漆器，妇女用的奁具，大的可以贮藏杂物。从文未来之前，我已买到一个小缅盒，朱漆细花，共三格，和江南古墓中出土的六朝奁具一样。这个东西引起了从文的兴趣，他见到就买。一九四二年,我在福建的时候,他来信说,已经买到大大小小十多个了,瓷器也收了不少,"八骏图"又收到二只。一九四二年以后,大后方物价高涨,公教人员月薪所得,维持不了原有生活水平。昆明屡经敌机轰炸,大学师生都疏散到乡下。大约从文也没有兴趣去逛夜市,说不定夜市也从此消失了。

从文对文物的兴趣,早就有了。从练字开始,首先就会注意到碑帖。在上海的时候,走在马路上,他总是注意店家的招牌。当时上海的招牌,多数是天台山农写的北魏字和唐驼写的正楷,从文似乎都不很许可。回北平后,琉璃厂、东安市场、隆福寺,肯定是他常到的地方,收集和鉴赏文物,遂成为他的癖好。解放以后,从文被分配在历史博物馆工作,许多人以为是委屈了他,楚材晋用了。我以为这个工作分配得很适当,说不定还可能是从文自己要求的。自从郭沫若盛气凌人地斥责了从文之后,我知道从文不再会写小说了。如果仍在大学里教书,从文也不很合适,因为从文的口才,不是课堂讲授的口才。蹲在历史博物馆的仓库里,摩挲清点百万件古代文物,我想他的兴趣一定会使他忘了一切荣辱。在流离颠沛的三十年间,他终于写成了《中国古代服饰研究》等几部第一流的历史文物研究著作。如果当年没有把他分配在历史博物馆,可能不会有另一个人能写出这样的文物研究专著。

一九三八年七月,我经由越南、香港回上海省亲。十月,离上海到香港,耽了几天,待船去海防。当时沈从文的夫人张兆和,九妹岳萌,和从文的两个儿子小龙、小虎,还有顾颉刚的夫人,徐迟的姐姐曼倩,都在香港待船去昆明。从文、颉刚都有电报来,要我和他们的眷属结伴同行,代为照顾,徐迟也介绍他的姐姐和我一起走。此外,还有几位昆明朋友托我在港代办许多东西,记得有向达的皮鞋和咖啡,杨蔚小姐的鞋子和线袜,诸如此类。我当了两天采购员,于十月二十八日,一行七人,搭上一艘直放海防的小轮船。顾夫人身体不健,买了二等舱位,余者都买了统舱位,每人一架帆布床,并排安置在甲板上,船行时,颠簸得很厉害。

船行二昼夜,到达海防,寓天然饭店。次日,休息一日,在海防补充了一些生活用品。次日,乘火车到老街,宿天然饭店。这里是越南和中国云南省的边境,过铁路桥,就是云南省的河口。当晚,由旅馆代办好云南省的入境签证。次日,乘滇越铁路中国段的火车到开远,止宿于天然饭店。次日,继续乘车,于十一月四日下午到达昆明。这一次旅行,我照料四位女士,两个孩子,携带大小行李三十一件。船到海防,上岸验关时,那些法国关吏把我们的行李逐件打开。到河口,又一度检查,比海防情况好些。每次歇夜,行李都得随身带走。全程七日,到昆明时,只失去了徐曼倩的一件羊毛衫,还是她自己忘记在火车上的。这一件事,我自负是平生一大功勋,当时我自以为颇有"指挥若定"的风度。

这一次旅行,使我和从文夫人及九妹都熟识了。从文已在北门街租了一所屋子,迎接他的家眷。北门街也在云南大学附近,因而我常有机会去从文家闲谈。此后又认识了从文的小姨充和女士。她整天吹笛、拍曲、练字,大约从文家里也常有曲会了。不久,我迁居大西门内文化巷,与吕叔湘同住一室,与陈士骅、钱锺书同住一楼,与罗廷光、杨武子同住一院。从文有了家庭生活,我也没有机会夜晚去邀他同游夜市了。

一九四〇年三月,我又回上海省亲。由于日本军队已占领越南,我无法再去昆明,就和从文暌别了好几年,书信往还也不多。一九五五年、一九五六年，我两次去北京开会，都到东堂子胡同去看望从文。他说正在收集各地出土的古锦残片，一件一件地装裱起来，想编一本《古锦图录》。他还拿出几个裱好的单片给我看，我觉得很有意义。这本书，不知后来完成了没有。

一九六三年，从文因公出差到上海，住在衡山饭店。他和巴金一起来看我，其时我新从"右派"改为"摘帽右派"。他在反右运动中的情况，我不知道，彼此觉得无新话可说，只是谈些旧事。过一天，我去衡山饭店回访，适巧有别的客人接踵而来，我只能稍稍坐一刻，就辞别了。这一别，就是音讯不通的十八年。一九八一年七月，我带研究生到北京，在北京图书馆找论文资料。我挤出一个下午，到崇文门西河沿去看望五十年未见面的张天翼，此后，就到附近东大街去看从文。时已傍晚，话也不多，我想走了，从文和他的夫人却坚邀我吃了晚饭走。我就留下来，饭后再谈了一会儿，我就急于回北师大招待所。这是我和从文最后一次会晤，如今也不记得那天谈了些什么。似乎还是他夫人的话多些，由于我的听觉已衰退，使用助听器也不很济事，从文说话还是那么小声小气的，都得靠他夫人传译和解释。

以上是我和沈从文六十年间友谊的经过。论踪迹，彼此不算亲密；论感情，彼此各有不少声气相通的默契。从文对我如何理解，我不知道；我对从文的理解，却有几点可以说出来，供沈从文的研究者参考。

从文出生于苗汉杂居的湘西，他最熟悉的是这一地区的风土人情。非但熟悉，而且是热爱。从文没有受过正规的中学和大学教育，但他的天分极高，他的语文能力完全是自学的。在他的早年，中国文化传统给他的影响不大。这就是他的大部分作品的题材、故事和人物形象的基础。各式各样单纯、质朴、粗野、愚昧的人与事，用一种直率而古拙，简净而俚俗的语言文字勾勒出来。他的几种主要作品，有很丰富的现实性。他的文体，没有学院气，或书生气，不是语文修养的产物，而是他早年的生活经验的录音。我所钦仰的沈从文，是这样一些具有独特风格的作品的作者。

由于要在大都市中挣扎生存，从文不能不多产。要多产，就不能不有勉强凑合的作品。在三十年代初期，他有一部分作品属于这一类。他为我编的《现代》写过几篇小说，用《法苑珠林》中的故事改写，后来编为一本《月下小景》，也是我帮他印出来的。这几篇小说，我都不很满意。在昆明时，我曾坦率地向他讲了我的意见，他笑着说："写这些小说，也流过不少鼻血呢！"

从文的小说中，确有些色情描写，这就是为郭沫若所呵斥的。赤裸裸的性欲或性行为的描写，在现代文学中，本来已不是稀罕的事，要区别对待的是：还得看作者的态度，是严肃的，还是淫亵的。从文小说中那些性描写，还是安排在人物形象的范畴中落笔，他并没有轻狂诲淫的动机。再说，从文小说中的性描写，既不是《金瓶梅》型的国货，也不是《查泰莱夫人的情人》型的舶来品，而是他的湘西土货。我们可以说：这是一个苗汉混血青年的某种潜在意识的偶然奔放，不是他一贯的全力以赴的创作倾向。郭沫若以此来谴责沈从文，似乎完全忘记了他的老朋友郁达夫。

为新文学运动和反帝、反封建的新思潮所感召，从文于一九二三年来到北平，没有熟人，没有亲戚，孤军奋斗。一九二四年,已在《现代评论》和《京报》副刊上发表创作,大约此时已受知于胡适。以后,逐渐认识了徐志摩、郁达夫、杨振声、朱光潜、梁实秋、朱自清、叶公超等人。长期和这样一群教授、学者接近,不知不觉间,会受到熏陶。这一群人的总的气质,是资产阶级知识分子中的绅士派。从文虽然自己说永远是个乡下人,其实他已沾染到不少绅士气。一九三三年,他忽然发表了一篇《文学者的态度》,把南北作家分为"海派"和"京派"。赞扬京派而菲薄海派。他自居于京派之列。这篇文章,暴露了他思想认识上的倾向性。早年,为了要求民主,要求自由,要求革命而投奔北平的英俊之气,似乎已消磨了不少。从此,安于接受传统的中国文化,怯于接受西方文化。他的作品里,几乎没有外国文学的影响。他从未穿过西服。他似乎比胡适、梁实秋更为保守。这些情况,使我有时感到,他在绅士派中间,还不是一个洋绅士,而是一个土绅士。反帝、反封建,在他只是意识形态中的觉醒,而没有投身于实际行动的勇气。也许他的内心有不少矛盾,但表现出来的行为现实,却宛然是一个温文尔雅,谨小慎微的"京派"文人了。

从文在文章和书信中,有过一些讥讽左翼作家的话。话都说得很委婉,但显然暴露了他对某些左翼作家的不满。他说左翼作家光会叫革命口号,而没有较好的作品。他们是以革命自诩的浮夸青年,不能扎扎实实地工作。这些转弯抹角的讥讽,当然使左翼作家会对他怀有敌意,因而把他目为反革命的作家。其实从文不是政治上的反革命,而是思想上的不革命。他不相信任何主义的革命能解决中国的问题。归根结底,恐怕他还是受了胡适的改良主义的影响。他对某些左翼作家的讥讽,也并不是出于政治观念。鲁迅对左翼作家也说过类似的话：他们是左翼，但不是作家。① 从文的意义也是这样。不过鲁迅是从更左的立场上讲的，从文却从偏右的立场上讲了。

从文一生最大的错误，我以为是他在四十年代初期和林同济一起办《战国策》。这个刊物，我只见到过两期，是重庆友人寄到福建来给我看的。我不知从文在这个刊物上写过些什么文章，有没有涉及政治议论。不过当时大后方各地都有人提出严厉的批评，认为这是一个宣扬法西斯政治，为蒋介石制造独裁理论的刊物。这个刊物的后果不知如何，但从文的名誉却因此而大受损害。

沈从文一生写了大量的小说和散文，作为一位文学作家，在中国新文学运动的第二个十年间，他和巴金、茅盾、老舍、张天翼同样重要。建国以来，文学史家绝口不提沈从文，却使国外学者给他以浮夸的评价，并以此来讥讽国内的文学史家和文艺批评家。这是双方都从政治偏见出发，谁都不是客观的持平之论。

至于沈从文的思想问题，我已把我个人所感觉到的情况讲了一个大概，也许我说得是，也许不是，毕竟我和他常在一起的机会很少，他的思想发展的曲折道路，也许我的观感太简单化了，这还有待于传记作者的研究。今天，既然党的政策已开放下百家争鸣的自由，那么，一切知识分子的思想问题，都应当用思想问题的尺度来作结论。

1988 年 8 月 23 日

---

① 鲁迅有过此语，待查出处，故暂不用引号。——作者原注

怀念

◎西川

尸体是泥土的再次开始
尸体不是愤怒也不是疾病
其中包含着疲倦、忧伤和天才
　　　　　　　　——海子《土地·王》

　　诗人海子的死将成为我们这个时代的神话之一。随着岁月的流逝，我们将越来越清楚地看到，一九八九年三月二十六日黄昏，我们失去了一位多么珍贵的朋友。失去一位真正的朋友意味着失去一个伟大的灵感，失去一个梦，失去我们生命的一部分，失去一个回声。对于我们，海子是一个天才，而对于他自己，则他永远是一个孤独的"王"，一个"物质的短暂情人"，一个"乡村知识分子"。海子只生活了二十五年，他的文学创作大概只持续了七年，在他生命的最后两年里，他像一颗年轻的星宿，争分夺秒地燃烧，然后突然爆炸。

　　在海子自杀的次日晚，我得到了这一令人难以置信的消息，怎么可能这样暴力？他应该活着！因为就在两个星期前，海子、骆一禾、老木和我，曾在我的家中谈到歌德不应让浮士德把"泰初有道"译为"泰初有为"，而应译为"泰初有生"；还曾谈到大地丰收后的荒凉和亚历山大英雄双行体。海子卧轨自杀的地点在山海关至龙家营之间的一段火车慢行道上，自杀时他身边带有四本书：《新旧约全书》、梭罗的《瓦尔登湖》、海雅达尔的《孤筏重洋》和《康拉德小说选》。他在遗书中写到："我的死与任何人无关。"一禾告诉我，两个星期前他们到我家来看我是出于海子的提议。

关于海子的死因，已经有了各种各样的传言，但其中大部分将被证明是荒唐的。海子身后留有近二百万字的文学作品，其中包括他一生仅记的三篇日记。早在一九八六年十一月十八日他就在日记中写道："我差一点自杀了，……但那是另一个我——另一具尸体……我曾以多种方式结束了他的生命。但我活了下来……我又生活在圣洁之中。"这个曾以荷尔德林的热情书写歌德的诗篇的青年诗人，他圣洁得愚蠢，愚蠢得辉煌！诚如梵高所说："一切我所向着自然创作的，是栗子，从火中取出来的。啊，那些不信任太阳的人是背弃了神的人。"

海子死后，一禾称他为"赤子"——一禾说得对，因为海子那些带有自传性质的诗篇中，我们的确能够发现这样一个海子：单纯，敏锐，富于创造性；同时急躁，易于受到伤害，迷恋于荒凉的泥土，他所关心和坚信的是那些正在消亡而又必将在永恒的高度放射金辉的事物。这种关心和坚信，促成了海子一生的事业，尽管这事业他未及最终完成。他选择我们去接替他。

当我最后一次走进他在昌平的住所为他整理遗物时，我听到自己的心跳。我所熟悉的主人不在了，但那两间房子里到处保留着主人的性格。门厅里迎面贴着一幅梵高油画《阿尔疗养院庭院》的印刷品。左边房间里一张地铺摆在窗下，靠南墙的桌子上放着他从西藏背回来的两块喇嘛教石头浮雕和一本十六、十七世纪之交的西班牙画家格列柯的画册。右边房间里沿西墙一排三个大书架——另一个书架靠在东墙——书架上放满了书。屋内有两张桌子,门边的那张桌子上摆着主人生前珍爱的七册印度史诗《罗摩衍那》。很显然,在主人离去前这两间屋子被打扫过:干干净净,像一座坟墓。

这就是海子从一九八三年秋季到一九八九年春天的住所,在距北京城六十多里地的小城昌平(海子起初住在西环里,后迁至城东头政法大学新校址)。昌平小城西傍太行山余脉,北倚燕山山脉的军都山。这些山岭不会知道,一个诗人每天面对着它们,写下了《土地》、《大扎撒》、《太阳》、《弑》、《太阳·弥赛亚》等一系列作品。在这里,海子梦想着麦地、草原、少女、天堂以及所有遥远的事物,海子生活在遥远的事物之中,现在尤其如此。

你可以嘲笑一个皇帝的富有,但你却不能嘲笑一个诗人的贫穷。与梦想着天国,却在大地上找到了一席之地的西班牙诗人希梅内斯不同,海子没有幸福地找到他在生活中的一席之地。这或许是由于他的偏颇。在他的房间里,你找不到电视机、录音机、甚至收音机。海子在贫穷、单调与孤独之中写作。他既不会跳舞、游泳,也不会骑自行车。在离开北京大学以后的这些年里,他只看过一次电影——那是一九八六年夏天,我去昌平看他,我拉他去看了根据陀思妥耶夫斯基小说改编的苏联电影《白痴》。除了两次西藏之行和给学生们上课,海子的日常生活基本是这样的:每天晚上写作直至第二天早上七点,整个上午睡觉,整个下午读书,间或吃点东西,晚上七点以后继续开始工作。然而海子却不是一个生性内向的人,他会兴高采烈地讲他小时候如何在雨天里光着屁股偷吃

106

地里的茭白,他会发明一些稀奇古怪的口号,比如"从好到好";他会告诉你老子是个瞎子,雷锋是个大好人。

　　这个渴望飞翔的人注定要死于大地。但是谁能肯定海子的死不是另一种飞翔,从而摆脱漫长的黑夜、根深蒂固的灵魂之苦,呼应黎明中弥赛亚洪亮的召唤?海子曾自称为浪漫主义诗人,在他的脑海里挤满了幻象。不过他又与十九世纪欧洲的浪漫主义不同。我们可以以《圣经》的两卷书作比喻:海子的创作道路是从《新约》到《旧约》。《新约》是思想而《旧约》是行动,《新约》是脑袋而《旧约》是无头英雄,《新约》是爱、是水,属母性,而《旧约》是暴力、是火,属父性,以眼还眼,以牙还牙"不同于"一个人打你的右脸,你要把左脸也给他",于是海子早期诗作中的人间少女后来变成了天堂中歌唱的持国和荷马,我不清楚是什么使他在一九八七年写作长诗《土地》时产生了这种转变,但他的这种转变一下子带给了我们崭新的天空和大地,海子期望着从抒情出发,经过叙事,到达史诗,他殷切渴望建立起一个庞大的诗歌帝国:东起尼罗河,西达太平洋,北至蒙古高原,南抵印度次大陆。

　　至少对于我个人来讲,要深入谈论海子其人其诗,以及他作为一个象征对于我们这个时代的诗歌与社会所产生的意义与影响,还需要很长的时间。海子一定看到和听到了许多我不曾看到和听到的的东西;而正是这些我不曾看到和听到的东西使他成为我们这个时代的先驱之一。在一首有关兰波的诗中海子称这位法兰西通灵者为"诗歌的烈士",现在,孤独、痛苦、革命和流血的他也加入了这诗歌烈士的行列,出自他生命的预言成了他对自我的召唤,我们将受益于他生命和艺术的明朗和坚决,面对新世纪的曙光。

我和海子相识于一九八三年春天,还记得那是在北大校团委的一间兼作宿舍的办公室里。海子来了,小个子,圆脸,大眼睛,完全是个孩子(留胡子是后来的事了)。当时他只有十九岁,即将毕业,那次谈话的内容我已记不清了,但还记得他提到过黑格尔,使我产生了一种盲目的敬佩之情。海子大概是在大学三年级时开始诗歌创作的。

　　说起海子的天赋,不能不令人由衷地赞叹。海子十五岁从安徽安庆农村考入北京大学法律系,毕业后分配至中国政法大学工作,初在校刊,后转至哲学教研室,先后给学生们开过控制论、系统论和美学的课程。海子的美学课很受欢迎,在谈及"想象"这个问题时,他举例说明想象的随意性:"你们可以想象海鸥就是上帝的游泳裤!"学生们知道他是一个诗人,要求他每次下课前用十分钟的时间朗诵自己的诗作。哦,那些聆听过他朗诵的人有福了!

　　海子一生爱过四个女孩子,但每一次的结果都是一场灾难,特别是他初恋的女孩子,更与他的全部生命有关。然而海子却为她们写下了许许多多动人的诗篇:"荒凉的山冈上站着四姐妹/所有的风只向她们吹/所有的日子都为她们破碎"(《四姐妹》)。这与莎士比亚《麦克白斯》中三女巫的开场白异曲同工:"雷电轰轰雨蒙蒙,何日姐妹再相逢?"海子曾怀着巨大的悲伤爱恋她们,而"这糊涂的四姐妹啊","比命运女神还要多出一个"。哦,这四位女性有福了!

　　海子在乡村一共生活了十五年,于是他曾自认为,关于乡村,他至少可以写作十五年,但是他未及写满十五年便过早地离去了。每一个接近他的人,每一个诵读过他的诗篇的人,都能从他身上嗅到四季的轮转、风吹的方向和麦子的成长。泥土的光明与黑暗,温情与严酷化作他生命的本质,化作他出类拔萃、简约、流畅又铿锵的诗歌语言,仿佛沉默的大地为了说话而一把抓住了他,把他变成了大地的嗓子,哦,中国广大贫瘠的乡村有福了!

海子最后极富命运感的诗篇是他全部成就中重要的一部分,他独特地体验到了"黑夜从大地上升起/遮住了光明的天空/丰收后荒凉的大地/黑夜从你内部上升"。现在,当我接触到这些诗句时,我深为这些抵达元素的诗句所震撼,深知这就是真正的诗歌。如果说海子生前还不算广为人知或者广为众人所理解,那么现在,他已不必再讲他的诗歌"不变铅字变羊皮"的话,因为他的诗歌将流动在我们的血液里。哦,中国簇新的诗歌有福了!

1990.2.17

百合的传说

——怀念三毛

◎痖弦

　　苦命的天才诗人杨唤,有一首脍炙人口的诗《我是忙碌的》:

　　　　我是忙碌的。
　　　　我是忙碌的。

　　　　我忙于摇醒火把,
　　　　我忙于雕塑自己;
　　　　我忙于擂动行进的鼓钹,
　　　　我忙于吹响迎春的芦笛;
　　　　我忙于拍发幸福的预报,
　　　　我忙于采访真理的消息;
　　　　我忙于把生命的树移植于战斗的丛林,
　　　　我忙于把发酵的血酿成爱的汁液。

　　　　直到有一天我死去,
　　　　像尾鱼睡眠于微笑的池沼,
　　　　我才会熄灯休息,
　　　　我,才有个美好的完成,

110

如一册诗集：
而那覆盖着我的大地，
就是那诗集的封皮。

我是忙碌的。
我是忙碌的。

可能是杨唤和三毛两个人有太多类似的地方，三毛逝世后，我每次想到她，就会想起这首诗来。虽然三毛的作品中没有雄壮飞扬、慷慨赴战的意象，但两个人在理想的执着、艺术的坚持、人生的期许上，却是非常相像的。把杨唤这首自悼意味的作品当作三毛的墓铭，最能象征三毛为爱（个人情爱和人类大爱）牺牲奉献的精神。

纵观三毛的一生，几乎每一个日子她都在忙碌中度过。杨唤诗中歌吟的"摇醒火把"、"雕塑自己"、"擂动行进的鼓钹"、"吹响迎春的芦笛"、"拍发幸福的预报"、"采访真理的消息"、"把生命的树移植于战斗的丛林"、"把发酵的血酿成爱的汁液"……三毛不同形式、不同程度地都做到了，而"把发酵的血酿成爱的汁液"这句诗，简直就是三毛一生最恰切的写照！

杨唤和三毛，两个人都有一种事事为别人、从不为自己的奉献的人生观，一种只知道工作、不知道休息的忙碌的人生观。他们好像是永不疲倦的人。"直到有一天我死去……/我才会熄灯休息，/我，才有个美好的完成。"他们一生追求的，是诗的生活与生活的诗，是文学的生命与生命的文学。这样拼搏奋斗下的人生，死，乃是一种完成，一种壮美，"如一册诗集：/而那覆盖着我的大地，/就是那诗集的封皮"。这些美丽意象,借来献给三毛,应是最恰当、最富深意的赞词。

我与三毛相交相知十多年,对于她奉献、忙碌的一生,我自认了解最深。一般人对她的印象是三毛每天都在忙,但很少人知道她到底在忙些什么。当然,她是一个工作勤奋的作家,文学的阅读和写作花去了她最多的时间,但很多人不知道,她更多的时间是花在帮助朋友和社会公益方面。事实上,三毛这个忙人,每天忙的都是一些事不关己的"别人的事",一些"聪明人"绝对不去碰它,只有傻瓜才去做的事,一些可能对自己没有好处甚至有害的事。三毛这热肠子,她乐于助人的故事我知道的太多了。这里随便提两件事:画家席德进病故前一个月,瘦得不成人形,全身发出臭味,三毛好几次到病房去为他做全身按摩、擦洗,甚至为他清理便溺。老实讲,像这一类的工作有时连病人家属都不一定愿意做,而三毛却乐意为之。另外一位生病的作家张拓芜,中风后左臂残废,生活非常困苦,三毛老远跑去帮他忙,常常带好多菜放在冰箱里给他吃;夏天天热,三毛就买一台冷气机替他装上。这些事使张拓芜非常感动,而把她当成知己。这是关于文友方面的救助。另外,三毛关心、帮助的对象,更多的是文学艺术界以外的人,穷苦无依的老人、失去双亲的孤儿、彷徨无助的流浪汉、来日无多的癌症病患者、家庭破碎的伤心女子,乃至在牢狱中悔恨终日、试图重建自我的囚人,都是三毛义务服务、安慰的对象。

一个知名度高的作家,免不了收到来自各地读者的来信。三毛每天的收信量,恐怕超过任何一个台湾的作家。通常这种情形多半的文人是一概不回信的,但是三毛却不然,她是有信必回。这些来信的内容,对她的文学成就表示敬慕者有之,请教文学问题者有之,初学者寄上习作请她批改者有之,在人生方面有所困惑希望她指点迷津者有之,更有一些信是慈善机构希望她捐钱、困苦的人向她借钱的。对于这些来信,她都亲自复信。这样一来,跟她书信来往的朋友人数就愈来愈多。有这方面经验的人都知道,写信是最麻烦的事情,一封信就是一件事,就是一个"负担",回信是很烦人的,但是三毛却从不厌烦。对于众人的所求,不管能否办到,她都会详细回答,想尽一切方法来满足对方的要求。我知道她在"联副"的稿费,有很大的数字捐给了慈善机构,有些是寄给一些穷苦的人,或失养的孩子。

三毛的信写得又快又好,一天可以写好多封。这些信还都不是三言两语应付了事的所谓"电报体",每一封都有相当的内容,她的信,就像她的文章一样诚恳、感性、热情,娓娓而谈,使得对方如见其人、如闻其声,能够直接感受到她的亲和力。今天的一些作家、学者,当知名度到达某一个程度的时候,他们美其名曰"保卫自己的时间",根本就不复信给读者。这种情况连西方也是如此,听说美国作家福克纳从来不给人回信,传说他书房里吊着一个大灯泡,信来了就映着灯泡照一照,看是不是出版人寄来的支票,如果是支票打开就用,如果不是支票,不论谁的信一律丢进字纸篓去。当然这样的形容也许夸张了些。不过中外古今不回读者来信的作家,的确不在少数。

但三毛可不是这样!她永远是有来有往,从不让人失望,在这方面她使我想到俄国的作家高尔基和三十年代的作家鲁迅,这两位文豪在晚年时,几乎大部分精神、时间都花在写信鼓励青年作家上面。自然，写信太多难免会影响个人的创作生活，不过这两位文豪后来都把跟青年谈写作的信件编印成书，成了他们另一种广义的作品。而三毛写信从没有公开发表的想法，完全是针对每一个不同的对象所写的私信，是不公开的。当然，三毛在文学上的成就不能和两位大师相比，不过她勤于给青年朋友写信的美德，却有古人之风。我常想，如果把三毛散布在世界各角落，写给朋友的信收集起来，编成一部三毛书简集，那该是多么动人的作品！当然这是一个大工程，需要有心人去细心搜集。

三毛一生究竟写了多少信？给谁写的信？无人知道，不过在一次《联合报》副刊主办的座谈会上给我"见识"到了。记得有一次"'联副'作家出外景"到花莲演讲，演讲完毕后有好多听众到台前跟三毛打招呼，有的请她签名，有的问她文学问题，其中有好几位都说收到三毛的信。一个小学六年级的小男生对三毛说："我妈妈看到你的信后，不再打我了！"另有一位六十多岁的老农民走过来说："谢谢你送给我的偏方，我腰痛的毛病现在好多了。"还有一个小女生自己绣了一块刺绣送给三毛，说这是为了答谢三毛送她《娃娃看天下》（三毛译的漫画集）。你想仅仅是花莲一个地方，就有这么多笔友，我真难想象三毛花了多少时间来处理这些信函。朋友们也常说我是写信最勤的一个人，但是要跟三毛比起来恐怕那还差了一大截呢。

我有时候想，三毛就像一个光源，她希望普照到每一个角落，一个热源，她想把温暖分给每一个需要温暖的人，可是一个人的精力，毕竟是有限的，即使铁打的身子，也禁不起长年体力、心力的过度劳动。她的忙，当然还不止写信，信是语言，除了语言,她还加上实际行动。她除了写作、写信之外,大部分时间在外头奔波。她是很多年轻人的大姐姐,也是很多孩子的干妈,尤其是在学习上有障碍,或在生长期产生困惑的儿童和少年,她特别疼惜。她也是我女儿的干妈。三毛出国时,每到一个地方总不忘寄一张明信片给我家孩子,记得有一张明信片上写着:"等你再长大两年,干妈就带你去流浪!但是要有好成绩才可以哟!"兴奋得小米(我女儿的名字)把成绩好的考卷都留在那里,等着干妈来检验,为的是两年以后"流浪的约会"!

这样一个把时间、精神和感情都分给众人的人,她的劳累可想而知。永远不疲惫的三毛,恨不得自己变成一叶大海中的慈航,普度众生,恨不得自己有千手千眼,可以关爱到所有需要关爱的人。

三毛啊!你真傻,难道你不知道让全天下都成为你的朋友,那是不可能的。根据社会学家的分析,每一个人同一时期,最多只能维持二十个朋友。而我甚至认为二十个朋友都嫌太多。因为朋友也像花木一般,需要去关爱、注意、照料。诗人杨牧曾说过一句话:"好朋友就是互相麻烦。"不过那种麻烦是必要的麻烦,可爱的麻烦,心甘情愿去承受的麻烦。杨牧说他不十分同意"君子之交淡如水"这句话,他认为这句话值得商榷,试想两个朋友(我是指好朋友)同住一个城里,随时可以见面却十年八年不来往,还说是好朋友,那恐怕是一句假话。他说好朋友就要常常窝在一起,腻在一起。总而言之一句话,要把你的心放在朋友身上才是真正的交友之道。杨牧的这一段趣谈,我觉得也有几分道理。而三毛,便是把自己的心放在朋友身上的人,她的时间、精力、情感统统给了朋友。用这样对待朋友的方式交往了那么多的人，三毛她怎能不累垮?!

广泛的交游接触、时间精力的大量透支，使三毛心力交瘁。她逝世前一年，整个人陷入医学上所谓"精神衰弱"状态，她体力衰退、长期失眠，非靠安眠药才睡得着，而每一次的药量都在增加。她的猝逝，我一直认为跟吃过量安眠药有关。三毛过世以后，太多人写文章，大家根据不同角度去臆测三毛死亡的原因，但是，从没有人提到服药这一点。实际的情况是：她是吃了太多的药才长睡不醒的，自杀的可能不大。不久之前，当我把这个看法告诉三毛的母亲缪进兰女士，缪女士跟我的想法完全一样。也许有人会说，三毛已经过世那么久了，追究她的死因除了徒增伤感之外，并没有多大意义；不过我认为，给三毛的死一个正确的诠释，也是很重要的。

试想，像她那么一个乐观奋进、充满生命力的人，一个在作品和实际生活上歌颂、鼓舞人生意义的人，一个到处鼓励别人勇敢活下去的人，怎么可能用自杀的方式来结束她自己的生命？如果把她的死解释成自杀，那么此一寻短行为跟她的作品和她平日为人是不符合的。不错，三毛作品里常流露出一种衰飒的情绪，甚至有时会提到死亡，但我认为三毛的作品属于浪漫文学，浪漫文学家是唯美的，死亡常常是他们美化、诗化的对象。不能说一件作品里提到死亡，就认定作者的人生观是悲观的。另外一个值得注意的因素，是三毛作品常常流露一种孩子气，一种孩子般的任性，老是把死亡挂在嘴边，这是她的天真无邪，不是厌世。根据我的观察，三毛过世前半年，她的人早已经从荷西之死的哀伤中站了起来，苦难的磨炼，使她更成熟、更坚强，人生观也更积极，这个阶段，是她对写作和生命最有信心的时候,也是她人道主义理想和热情最昂扬的时候,虽然长期的劳累影响到她的健康——她失眠,但绝对影响不了她的意志。这个时候,她没有理由自裁。

生死是人生大事,死亡是生命的结束,也是生命的最高完成。一般人的印象三毛的死,至今是个谜,我认为揭开这个谜,把真相原委弄个清楚,对三毛是非常重要的。因为太多人热爱她的作品,太多人喜欢她的为人,三毛鼓励过那么多的人,而她竟然"自杀"了,这对很多人造成困惑、打击甚至伤害,误认为三毛所说的和所做的不一致;她要别人乐观,但她自己反而寻短,这不是欺骗大家的感情吗?这种怀疑,无形中损毁了三毛在很多人心目中的美好形象。所以我对三毛的妈妈说,把三毛的死解释成自杀是对她的不公平,甚至是对她人格的一种污辱,她也有同感。现在谈这个问题并不是要追溯什么责任,我只是想为我的老友讨一个公道,还她一个正确的形象。我认为三毛的作品和人格是绝对一致的,把她的死解释成自杀,是一种轻率不负责任的认定。我希望更多爱三毛的朋友、文学界人士甚至心理学家们一起来支持这个论点。要大家知道,三毛是因为过于操劳而死的,是为了她的文学事业、她的朋友、为了社会公益,心力交瘁而死!除此之外,没有别的理由。

每次,当我重读三毛作品,她的音容笑貌总浮现在我眼前,一幕又一幕的往事,历历如昨。她的文章有不少是在《联合报》"三毛中南美洲之旅"支助计划下写成的,有些是游记,有些可以称之为报道文学,篇篇都是在充满危险和困难的旅途之上写成的,可以说是她血汗换来的成果。这些文章在"联副"上发表时,我是第一个读者。记得每篇文章刊出后,都会

百合的传说

得到读者热烈的回响，信件、电话不断，有很多人到报社来求见作者，也有送鲜花向她致敬的。

从中南美回来之后，我按照报社计划，为三毛设计一系列的演讲活动，陪她到台湾各地去演讲，听众反应空前热烈，场场爆满。记得其中有一场地点在《联合报》第一大楼九楼礼堂，八百个座位的场地，竟挤了一千五百多人，前边挤满了，后面(楼下电梯口)还有好几百"向隅者"进不来，害得不少人败兴而归。后来观众建议要我们干脆到国父纪念馆举行，"联副"循众要求，在国父纪念馆为三毛举办了一场规模更大的演讲，不过拥挤的情况并没有因场地广大而有所改善，反而挤得更凶，观众除了将现场三千多个座位坐满之外，连地毯走道上也坐满了人，场子满得好像真的要爆了，但外头的人还拼命往里头挤；广场上至少有一二千人进不来，一时间群众情绪非常焦躁，有人开骂，骂承办单位缺乏办事经验、没有计划。为了平静大家的情绪，我们只好在广场上加装三个扩音器，把里面的演讲播放出来，按说那些人听到三毛的声音情绪应该安静下来，但是不然，人们还在挤、骂，更多的人又涌了过来，纪念馆的大门被挤得就像呼吸的肚皮一样，没办法只好打电话请警方协助，虽然市警局动员了大批警力来维持秩序，情况还是非常混乱。

我记得那天是晚上七点半的演讲，下午四点不到群众就开始在纪念馆广场排队，长蛇阵绕了馆前广场好几圈，由于人实在太多，连三毛进出场都成了问题，有人想了个办法，让三毛用帽子遮住脸，使人看不出是三毛，再由三位警察壮汉护送，费了好大力气通过层层人墙才把她送到后台去。七点钟的时候，听众的情绪接近沸点，太多人进不了场，特别是一些从四五点钟开始排队居然进不去的人特别火大,群情鼓噪,无法平息,为了安慰群众,我只好用扩音器来向大家赔不是,请大家安静下来,不要生气,保证将在下周再办一次三毛演讲,让没有进场的人不致空跑一趟;我用扩音器播音,把嗓子都喊哑了,一身西装全被汗水湿透。这样近乎疯狂的情况,真把我吓坏了。我当时想,在此情况之下,三毛已经不是一个单纯的作家,而变成一个社会的英雄,更夸张一点说,变成人群中的先知。我发现群众对她的爱已经开始变质,变得怪怪的,好像埋藏着一种不祥的气氛,这气氛愈来愈浓,令人战栗。此时的三毛已经不是一个单纯的文学现象,而是一个复杂的社会现象。这现象是怎么造成的呢?我回答不出来,那或许要心理学家、社会学家去解答了。对于群众给她这份过了头的热情,作为三毛的好友,容我客观地说,实在已经到了不正常,甚至病态的程度,而四面八方的掌声和赞扬,也超过三毛所应得。总之自从那次以后,我就开始害怕了,我心想,如果"联副"继续为她办演讲,照那样情况发展下去,一定会出事。当群众情绪最狂烈的时刻,如果三毛在人群里出现,恐怕她全身的衣服会被撕成片片,每个人都要拿一片回家做纪念!这太可怕了。我记得国父纪念馆的那场,有一个中学女生被人群踩倒在地,受了伤,"联副"同仁把她送往医院急救,当这位被人挤得昏过去的女孩醒来,"联副"的同仁问她:"你为什么那么喜欢三毛?"这女孩回答说:"你嫉妒!"从这件事便可知道当时的年轻人对三毛的喜欢已近乎"疯狂"。

有一天,三毛来"联副"看我,我送她到楼下,对她说:"三毛,不能再演讲了,暂时停止吧,一定要降温、冷却,不要继续演讲了。我不是吓你,否则你会像美国歌手列侬那样,被'爱死了他'的观众杀死,因为那些人太爱列侬了,怕别人分享他们偶像的爱而杀死他! 真的啊,三毛,停止吧!"三毛听了我的劝告以后,很长一段时间不再公开演讲,只闭门看书写作,社会上的"三毛热"也因此冷却了不少。

今天我重温三毛的文章难免又想起当时,虽然事情已经过去那么多年,但要想对那段往事赋予意义仍觉困难。如何以正确的观点解释当年的现象,是报刊上所谓的"三毛震撼"?还是电视上所称的"三毛旋风"? 不管怎么说,三毛在中国文学史上,以一个写作的人,不是政治家,也不是歌星,只是一个拿笔杆子写文章的人,能引起这么大的注意,产生这么大的回响,恐怕从"五四"以后,没有第二个人。据说当年鲁迅、冰心演讲曾轰动一时,但是,我想这两位大师的演讲情况,比起后来三毛的演讲恐怕还要"略逊一筹"。当然,这样的比较是不恰当的。三毛的文学成就,无法跟鲁迅、冰心相比。诗人覃子豪先生告诉我,当年鲁迅在北大演讲,因为教室座位不够坐,有人建议干脆到大操场去讲,于是听众都涌到大操场上,因为人太多大家看不到鲁迅,便抬了一个吃饭的方桌,请鲁迅站在方桌上讲话。覃先生说,鲁迅身穿大褂站在方桌上、衣袂飘飘的场面,使他永远难忘。另外一位女诗人冰心刚从美国威尔斯利女子大学回国任教时,因她的诗写得好,人长得漂亮,学问又好,讲堂的大门都被挤破了,连窗子上爬的都是听讲者。这种情况,的确也是当年的盛事。

三毛过世的二天,全台湾的报纸几乎都以头条新闻报道,一个作家的死,引起这么大的震撼,我想,这种情形别说过去没有,将来也不容易发生的吧。作为一个人,来到世间,三毛爱过、哭过、笑过、拥有过、也创造过,可以说不虚此生。但是作为一个作家,她死得太早,她的文学事业刚刚开始,就像流星一样划过文学的夜空,永远消逝了踪影,实在令人惋惜。三毛逝世至今已多年了。我想纪念三毛最好的方式,不应该只是去说当年演讲如何的盛况空前,那也许只是一种虚荣心理。最好的纪念,还是去研究她的作品,而正确地判断她的死因,也应该是研究三毛文学的一个重要角度——从人去理解作品本来就是讨论文学的方式之一。最重要的,就是大家应该抛开三毛的传奇,抛开文学以外的因素,客观、冷静地面对她的作品,研究她特殊的写作风格和美学品质,研究她强烈的艺术个性和内在生命力。这才是了解三毛、诠释三毛最重要的途径。

对于那些爱过三毛的人,三毛是永恒的,无可取代的。作为她的朋友的一员,我以三毛这位朋友为荣。如果说好朋友是我生命的一部分,那么好友的死亡,就是我自己一部分生命的死亡。是啊,什么都过去了,有时候,对三毛之死,我什么也不愿说、什么也不愿谈,因为那是生命中永远的痛!

常常,当我一个人走在路上,我喜欢低吟"不要问我从哪里来,我的故乡在远方……"那一支最能代表三毛人生观念的《橄榄树》,唱着唱着,觉得好像什么都过去了……留下的,是人们永远纠缠不清的误解,和那走了样的传说。所谓历史,或许就是这样的吧;历史,也许只是一个影子,一声叹息!

此文以杨唤的小诗作开始,兹再摘录另一首小诗为结束,借表对老友的怀念。这首诗是有位作家在碉堡的岩石上发现的"题壁"之作:

> 我走了,
> 像一发出膛的炮弹,
> 飞完了全部的射程。

给容纳过我的空间,留下了什么?
恐怕,
只有"轰"的一声巨响!
我落到哪里并不重要,
重要的是,有过声音、速度和光亮。

死的光追上了他

——忆顾城

◎王小妮

死，像一缕美丽的紫光，紧紧追踪着他。

如果真是顾城的朋友都会说，顾城能在这个世界上熬到今天，熬到三十七岁，已经相当艰难了。

顾城矮矮的身材、明亮的眼睛都将消失。他把诗和难过留下来。从此，我们将再也没有他编造的童话可以读，再也收不到他简短有趣的信——我们的生命，诗人的生命是多么不堪蹂躏。

一九八〇年的夏天，第一届青春诗会，我和顾城在北京虎坊桥诗刊社的小院子里认识。后来的四十多天中天天见面，都是不会说话的人，他给人的印象就是铁窗后面的"小萝卜头"。不过，他的那一年很高兴，他看见了窗外的蝴蝶。

顾城从来没有过正式的工作。他打过零工，他吹嘘他做过木匠。我想，那也绝不是制作大柜子的木匠，他恐怕只会用小学生的刻纸刀，在木块上刻些昆虫飞鸟。

顾城绝没有木匠的力气。坐在墙角落里文静地愣着神，给艾青、邵燕祥、袁可嘉们画着速写，自己笑着。我都怀疑他会不会跑，会不会喊。

顾城从八岁开始写诗。十几年，从未被人承认过。只有他自己宣称他是个诗人。直到一九八〇年,所谓"朦胧诗"几经风波,他才得以有限度地在国家正式出版物上发表诗歌,有了每首诗几元钱的稿费。他又刚刚在一九七九年的夏天,在京沪线火车上与小姑娘谢烨一见钟情,所以,我说,一九八〇也许是顾城最高兴的一年。我说,他看见窗外飞舞着蝴蝶。

这之后,一九八三年春天,在贵州遵义诗会上,又见到顾城,他把谢烨介绍了。到现在,我也不能忘记她甜果子一样的大眼睛。不能忘记她的大眼睛眨着,是用来笑的。

顾城仍旧没有工作,谢烨也离开了上海的工厂。顾城的眼神里让人感到一丝忧郁。顾城说,他没有工作,谢烨跟了他,生活上将毫无保障,她家里又极力反对这一婚事。并且,他说,他要在上海买房子才能得到她。买房子的价钱在一九八三年肯定是吓人的。

我记得顾城用成人的忧虑说:将来,我们也会生病,也会老,两个无业人员,又没有公费医疗……

他这些话当然是被我整理了的。顾城不会这样连贯地表达。他一直没有连贯思维的能力。

当时,我暗暗想,顾城怎么会想到老,想到死,想到病,它们离我们还相当相当远。

记忆中,遵义宾馆的晚上古朴又寂静,树木葱葱,谢烨拿着顾城的睡帽,在幽深的园子里四处叫着:城,城!

当地的诗歌爱好者,全部是二十几岁的青年,叫我们去聊诗。他们引我们上一座快坍塌的木楼,我们的脚步使那朽木的楼梯咕咚咕咚地响,我们一行人太多了,有北岛、杨炼、顾城夫妇、魏志远和骆耕野,楼都颤了。

顾城谈诗全是乱的,片片断断,不顾听众的兴趣,只是自已说。不像其余的人,充满了严密和玩理论的味道。

聊够了回宾馆。宾馆在十点钟就锁上了铁门,我们全部很狼狈地跳铁栅门进去。顾城爬得最险,他笨手笨脚,行动缓慢,他急了,就向谢烨求助。谢烨与我们都已经落到了宾馆的里面。大家看顾城的笑话,只有谢烨,张开双手,向发抖着的两扇大铁门,高叫着:城,城!

从贵州又去成都,在火车上,朋友们都说顾城最近到处发诗,理所应当要请客。顾城说,到成都请我们去吃"抄手",谢烨听了,便窃窃地笑。我想,看来抄手不是什么好东西。后来才知道,"抄手"不过是馄饨,就都骂顾城狡猾兼吝啬。结果,到了都江堰,顾城被迫请我们吃了正式的一餐。

我记得用了十一元钱。在顾城已经很吃力了。

离开成都前,似乎有编辑要我们留下作品。我记得几个人给闷在一间大房子里憋诗。我写完了。顾城回过头来,说:我要是能写这么快就好了。

他说他每天早上六点半起床,开始写作,一坐下来就是整整一天。他拉开椅子,坐下来给我示范,把腿和脚都摆正在桌子下面,端端正正地更像一个小学生。他说他要整天坐着炮制诗。

当时,我不理解:像这么写,岂不是写坏了自己。

在今天看,从当时至今的中国文人,诗人中,顾城是最早被生活所迫,卖文为生的。

即使在今天,顾城的诗仍然可能被视为异己,被人以看不懂为由而退稿。那些强大的人,他们选择的对象、对手,不过一个矮矮的孩子。

而且,在今天,诗已经绝对不能糊口了。

再一次见到顾城是一九八三年，在桂林。还是没有工作，手上还拮据。

一只碗里盛六只田螺，谢烨在小摊档边守着，说她很想吃。我记得一碗只要一毛钱。

桂林诗会安排我们去游漓江，我们坐在船头上，看见江在流，鱼鹰在飞。岸边，有偶尔几间农民的草房，我们就指指点点，把它们一间间分封了。顾城好像说，他想住两层楼的草房，我只记得深切的是，他说，我们将来就住这儿，两家做个邻居，一个月左右互相致意一次，将来，老了也在这儿，看着这一江的水。

谢烨听了欢欣鼓舞。顾城的童话全部都能使她高兴，他们是一对活在幻觉里的孩子。

第二年，知道顾城夫妇出国了。听说费了许多周折。他的出走，在中国"朦胧"诗人中是比较早的。

一九八九年九月，杨炼从澳洲写信来，说，见到了顾城，家里添了个白白胖胖的小顾城。经济上已经不再那么窘迫。

后来，又有王安忆说，顾城在新西兰孤岛上养鸡。当时，许多中国青年知识分子都向往到国外去，向往那里的"绝对自由"，而我想，国外对许多人可能不适合，而顾城是特殊的，他不擅于与人打交道，他会喜欢新西兰的大草原，他会喜欢他养的每一只小鸡。

然而，这一天终于迫近！

终于，金钱、自由、大自然和诗，都不再能够拯救他。顾城突然在一九九三年十月七日，在新西兰的奥特兰地区离开了这个他不明白、看不清的世界。

死是惊人的。

对于死，人人可以有自己的议论。但是，对顾城是个例外，希望人们从善良出发，从诗人被折磨的灵魂出发，不要说，事发太突然。我们让他平静地回到天堂里去，那里才是他自己的家。

死，对于顾城，是自然和美妙的。

我曾经不相信这个消息，但，我在新加坡报纸上见到了顾城的遗容。他的眼睛是关闭着的。我不敢深看那张图片，我在躲避的时候，又为谢烨惋惜，一个曾经崇拜相声演员姜昆的单纯的女孩子。截断了她美丽目光的竟然是顾城孩子般的手？

这不是命运，还有什么能解释！

基督教不容忍杀人，也不宽恕自杀。只有上帝才有资格去衡量和惩罚罪过。我们只是平凡的人，以平凡的感情去理解顾城，怀念顾城，在我们内心的最后一处，叹息中国诗人的命运。

顾城说过，他要用黑的眼睛去寻找光明。而他是个终生没见过光明的人。

终于，死的光快了一步，追上了他。

1993. 10. 13

死的光追上了他

怀废名

◎周作人

　　余识废名在民十以前,于今将二十年,其间可记事颇
多,但细思之又空空洞洞一片,无从下笔处。废名之貌奇
古,其额如螳螂,声音苍哑,初见者每不知其云何。所写
文章甚妙,但此是隐居西山前后事,《莫须有先生传》与
《桥》皆是,只是不易读耳。废名曾寄住余家,常往来如亲
属,次女若子亡十年矣,今日循俗例小作法事,废名如在
北平,亦必来赴,感念今昔,弥增怅触。余未能如废名之
悟道,写此小文,他日如能觅路寄予一读,恐或未必印
可也。

以上是民国廿七年十一月末所写,题曰《怀废名》,但是留
得底稿在,终于未曾抄了寄去。于今又已过了五年了,想起要
写一篇同名的文章,极自然地便把旧文抄上,预备拿来做个引
子。可是重读了一遍之后,觉得可说的话大都也就有了,不过
或者稍为简略一点,现在所能做的只是加以补充,也可以说是
作笺注罢了。关于认识废名的年代,当然是在他进了北京大
学之后,推算起来应当是民国十一年考进预科,两年后升入本
科,中间休学一年,至民国十八年才毕业。但是在他来北京之
前,我早已接到他的几封信,其时当然只是简单的叫冯文炳,
在武昌当小学教师,现在原信存在故纸堆中,日记查找也很费

事，所以时日难以确知，不过推想起来这大概总是在民九民十之交吧，距今已是二十年以上了。废名眉棱骨奇高，是最特别处。在《莫须有先生传》第四章中房东太太说，莫须有先生，你的脖子上怎么那么多的伤痕？这是他自己讲到的一点，此盖由于瘰疬，其声音之低哑或者也是这个缘故吧。

　　废名最初写小说，登在胡适之的《努力周报》上，后来结集为《竹林的故事》，为《新潮社文艺丛书》之一。这《竹林的故事》现在没有了，无从查考年月，但我的序文抄存在《谈龙集》里，其时为民国十四年九月，中间说及一年多前答应他做序，所以至迟这也就是民国十二年的事吧。废名在北京大学进的是英文学系，民国十六年张大元帅入京，改办京师大学校，废名失学一年余，及北大恢复乃复入学。废名当初不知是住公寓还是寄宿舍，总之在那失学的时代也就失所寄托，有一天写信来说，近日几乎没得吃了。恰好章矛尘夫妇已经避难南下，两间小屋正空着，便招废名来住，后来在西门外一个私立中学走教国文，大约有半年之久，移住西山正黄旗村里，至北大开学再回城内。这一期间的经验于他的写作很有影响，村居，读莎士比亚，我所推荐的《吉诃德先生》、李义山诗，这都是构成《莫须有先生传》的分子。从西山下来的时候，也还寄住在我们家里，以后不知是哪一年，他从故乡把妻子接了出来，在地安门里租屋居住，其时在北京大学国文学系做讲师，生活很是安定了，到了民国二十五六年，不知怎的忽然又将夫人和子女打发回去，自己一个人住在雍和宫的喇嘛庙里。当然大家觉得他大可不必，及至芦沟桥事件发生，又很羡慕他，虽然他未必真有先知。废名于那年的冬天南归，因为故乡是拉锯之地，不能在大南门的老屋里安住，但在附近一带托迹，所以时常还可彼此通信,后来渐渐消息不通,但是我总相信他仍是在哪一个小村庄里隐居,教小学生念书,只是多"静坐深思",未必再写小说了吧。

翻阅旧日稿本,上边抄存两封给废名的信,这可以算是极偶然的事,现在却正好利用,重录于下。其一云:

> 石民君有信寄在寒斋,转寄或恐失落,信封又颇大,故拟暂留存,俟见面时交奉。星期日林公未来,想已南下矣。旧日友人各自上飘游之途,回想《明珠》时代,深有今昔之感。自知如能将此种怅惘除去,可以近道,但一面也不无珍惜之意,觉得有此怅惘,故对于人间世未能恝置,此虽亦是一种苦,目下却尚不忍即舍去也。匆匆。九月十五日。

时为民国二十六年,其时废名盖尚在雍和宫。这里提及《明珠》,顺便想说明一下。废名的文艺的活动大抵可以分几个段落来说。甲是《努力周报》时代,其成绩可以《竹林的故事》为代表。乙是《语丝》时代,以《桥》为代表。丙是《骆驼草》时代,以《莫须有先生》为代表。以上都是小说。丁是《人间世》时代,以《读论语》这一类文章为主。戊是《明珠》时代,所作都是短文。那时是民国二十五年冬天,大家深感到新的启蒙运动之必要,想再来办一个小刊物,恰巧世界日报的副刊《明珠》要改编,便接受了来,由林庚编辑,平伯废名和我帮助写稿,虽然不知道读者觉得何如,在写的人则以为是颇有意义的事。但是报馆感觉得不大经济,于二十六年元旦又断行改组,所以林庚主编的《明珠》只办了三个月,共出了九十二号,其中废名写了很不少,十月九篇,十一二月各五篇,里边颇有些好文章好意思。例如十月份的《三竿两竿》、《陶渊明爱树》、《陈亢》，十一月份的《中国文章》、《孔门之文》，我都觉得很好。《三竿两竿》起首云：

"中国文章，以六朝人文章为最不可及。"《中国文章》也劈头就说道，

"中国文章里简直没有厌世派的文章，这是很可惜的事。"后边又说，

"我尝想，中国后来如果不是受了一点佛教影响，文艺里的空气恐怕更陈腐，文章里恐怕更要损失好些好看的字面。"这些话虽然说得太简单，但意思极正确，是经过好多经验思索而得的，里边有其颠扑不破的地方。废名在北大读莎士比亚，读哈代，转过来读本国的杜甫李商隐，《诗经》、《论语》、《老子》、《庄子》，渐及佛经，在这一时期我觉得他的思想最是圆满，只可惜不曾更多所述著，这以后似乎更转入神秘不可解的一路去了。

我的第二封信已在废名走后的次年，时为民国二十七年三月，其文云：

偶写小文，录出呈览。此可题曰《读大学中庸》，题目甚正经，宜为世所喜，惜内容稍差，盖太老实而平凡耳。唯亦正以此故，可以抄给朋友们一看，虽是在家人亦不打诳语，此鄙人所得之一点滴的道也。日前寄一二信，想已达耶，匆匆不多赘。三月六日晨，知堂白。

所云前寄一二信悉未存底，唯《读大学中庸》一文系三月五日所写，则抄在此信稿的前面，今亦抄录于后：

近日想看《礼记》，因取郝兰皋笺本读之，取其简洁明

了也。读《大学》、《中庸》各一过,乃不觉惊异。文句甚顺口,而意义皆如初会面,一也。意义还是很难懂,懂得的地方也只是些格言,二也。《中庸》简直多是玄学,不佞盖犹未能全了物理,何况物理后学乎。《大学》稍可解,却亦无甚用处,平常人看看想要得点受用,不如《论语》多多矣。不知道世间何以如彼珍重,殊可惊诧,此其三也。从前书房里念书,真亏得小孩们记得住这些。不佞读下《中》时是十二岁了,愚钝可想,却也背诵过来,反复思之,所以能成诵者,岂不正以其不可解故耶。

此文也就只是《明珠》式的一种感想小篇,别无深义,寄去后也不记得废名复信云何,只在笔记一页之末录有三月十四日黄梅发信中数语云:

"学生在乡下常无书可读,写字乃借改男的笔砚,乃近来常觉得自己有学问,斯则奇也。"寥寥的几句话,却可看出他特殊的谦逊与自信。废名常同我们谈莎士比亚,庾信,杜甫,李义山,《桥》下篇第十八章中有云:

"今天的花实在很灿烂,——李义山咏牡丹诗有两句我很喜欢,我是梦中传彩笔,欲书花叶寄朝云。你想,红花绿叶,其实在夜里都布置好了,——朝云一刹那见。"此可为一例。

随后他又谈《论语》、《庄子》,以及佛经,特别是佩服《涅槃经》,不过讲到这里,我是不懂玄学的,所以就觉得不大能懂,不能有所评述了。废名南归后曾寄示所写小文一二篇,均颇有佳处,可惜一时找不出。也有很长的信讲到所谓道,我觉得不能赞一辞所以回信中只说些别的事情,关于道字了不提及。废名见了大为失望,于致平伯信中微露其意,但即是平伯亦未敢率尔与之论道也。

怀废名

135

关于废名的这一方面的逸事，可以略记一二。废名平常颇佩服其同乡熊十力翁，常与谈论儒道异同等事，等到他着手读佛书以后，却与专门学佛的熊翁意见不合，而且多有不满之意。有余君与熊翁同住在二道桥，曾告诉我说，一日废名与熊翁论僧肇，大声争论，忽而静止，则二人已扭打在一处，旋见废名气哄哄地走出，但至次日，乃见废名又来，与熊翁在讨论别的问题矣。余君云系亲见，故当无错误。废名自云喜静坐深思，不知何时乃忽得特殊的经验，趺坐少顷，便两手自动，作种种姿态，有如体操，不能自已，仿佛自成一套，演毕乃复能活动。鄙人少信，颇疑是一种自己催眠，而废名则不以为然。其中学同窗有为僧者，甚加赞叹，以为道行之果，自己坐禅修道若干年，尚未能至，而废名偶尔得之，可为幸矣。废名虽不深信，然似亦不尽以为妄。假如是这样，那么这道便是于佛教之上又加了老庄以外的道教分子，于不佞更是不可解，照我个人的意见说来，废名谈中国文章与思想确有其好处，若舍而谈道，殊为可惜。废名曾撰联语见赠云，微言欣其知之为诲，道心恻于人不胜天。今日找出来抄录于此，废名所赞虽是过量，但他实在是知道我的意思之一人，现在想起来，不但有今昔之感，亦觉得至可怀念也。

　　　　　　　　三十二年三月十五日，记于北京。

忆家槐

◎金性尧

豫才先生诗云："旧朋云散尽，余等亦轻尘。"每念此诗，辄为惘然，而一年容易，又是帘卷西风矣。在这样的境地中，时时有几个千百里外旧朋影子，浮上我的心头，仿佛声音笑貌如在眼前，把自己的幻想凝而为一。明知逼取便逝，却也难得忘却。倘要具体地说出原因来可又无法解释，但这正是前人笔下的"无可奈何花落去，似曾相识燕归来"也。而且这种笔墨近乎浪费，虽不吃力也难讨好，或者，还不免遭到挨骂，不合于目前惊心动魄的"大时代"吧。

但即使不计一切地厚颜写去，若要找可怀忆的材料，却又如沙里之淘金。这并非是说我不敢写、不屑写、不应写，实在大半还是为了不易写。何以见得呢，我想，这至少得具备一个条件，就是彼此间比较地有了了解认识，方才于"私"的一面有可说的地方。若是交本泛泛，缘只数面，则所说自不外在其学问事业及品德上，就未免煞费踌躇了。何况时当此时，地当此地，有所评骘，总还是以无关宏诣的部分为最适合。

我认识家槐的时间并不如何长。不过如其偶然地写上几千字，似也不患无辞。其次，手头尚有旧日记在，必要时据以参阅，可补记忆之不足。此文用一句成语来说，纯以自我为中心。换言之，就是杂而无当的"身边琐事"。信手拉来，忆则书之,并以六千字为限。

　　家槐一名永修,浙江金华义乌人,与陈望道师同乡,年龄较我稍大。身材颀长,两眼眊而细,左眼角好像还有一个疤,说话则如一般人的蓝青官话,但不若望道师之多乡音耳。只是和妹妹说时,我们便不能懂了,如吃饭叫"才服"。谈话到兴酣淋漓,语尾往往拖句"他妈的"国骂。有时也喜欢哼几句昆曲,京剧则不爱听,也不善饮酒,但有一次大约吃得多了几杯,自告奋勇地哼起六才来,引得座客都吃吃作声,因为他唱的并不高明,然而也可见出他的天真风趣——不错,他确是很天真的人。而在我的朋友中,也正是最诚恳真挚的一个。有时为了言不投机,辄令彼此面红耳赤,尤其碰着我这个著名的不懂世故、不谙人情的孟浪汉。现在我的脾气依然未改,而家槐却已远离海上了。语云,江山好改,本性难移,在今天真觉得有一字不移之确。

　　我和家槐是几时开始相识的呢?

　　似乎是民国二十六年的三月。我正在忻老师处读《毛诗》、《春秋》。但一面却更爱读新文艺书,和这方面的作者。这时每星期六,我家例有一次不成气候的音乐会。指示者如钢鸣,如张庚,如孙慎诸先生。恰巧寒斋还置有一座披霞娜,而地点又在闹市中心。一时琴声嘹亮,歌喉宛转,有时还由同人填制曲谱,其中有一首名作××歌,即为钢鸣与立成(孙慎)所撰填。这中间,最无成绩的要算我和家槐了。别人听几遍后即可朗朗上诵,我们两人却无论如何唱不像样。

　　家槐的加入,是钢鸣所介绍,而钢鸣则由表兄甘君所介绍。钢鸣为人热情有余,较之家槐则就精深不足,其学问亦然。因此我虽然和钢鸣认识在先,但后来的友谊却还是以家槐为深。

于此有可以补述的：当时上海出版界非常蓬勃。杂志如
《光明》、《文学》、《妇女生活》、《新学识》等都由生活书店印行，
《光明》为洪深及沈起予二君主编，但洪深不常在沪，故一部分
阅稿工作由夏衍、家槐等分任。此外《光明》又组织了一个读
者会，也为家槐所襄助。甘兄嘱我加入，曾先致信给家槐征求
同意，旋因家槐返乡，此事遂搁置下来。至民国二十六年三月
一日，旧日记中有云：

> 夜，八时，周钢鸣、何家槐、孙慎来，谈至十时去。

不知道这是否觌面第一次？越数日，又有记云：

> 夜，八时，何家槐、周钢鸣、孙慎等来，十一时至。何
> 君并赠其所著《寒夜集》一册，北新书局出版。计短篇小
> 说十四篇，虽为旧作而却乃新刊。俱有上下款。并为三
> 弟题纪念册。

这是因彼此觌面无多，故其来也必与周、孙二君偕。所赠
的《寒夜集》，中间有几篇的材料，有以他自身生平为底子的。
如《回乡记》中描写一个年老的父亲，日夕渴望旅外的儿子回
乡，其致儿子的书云：

> 吾儿不念家乡，视血族如陌路，最可痛心……弟妹等
> 均望儿回，余与汝母尤为焦急，日夜盼祷，寝食皆废；倚门
> 望间，风雨无间……儿年已弱冠，岂犹不能体贴此中苦味
> 耶……

情词迫切，口吻宛然。遂只得回乡一行。终于以乡间及
家庭的现状，都未能如儿子的理想完美，且父母复不断以婚事

相缠,"因此本已感到沉闷了的我,决定第三天下午走了"。虽经父母竭力劝阻,"但我的决心,是不能动摇的"。可是路上却又忏悔起来,以为行色如此匆匆,仿佛"打了一个圈子,不但没有给他们一点愉快,给自己一点安慰,反而使大家都很难受"。

这确写出父与子的矛盾冲突,一方面虽爱之甚切,一方面却依然不能理会接受,可以概括一般青年的苦闷,使我到今天还是印象分明也。

以后的友谊,便循此日渐地进展,如同至新亚饭店听中华基督教的圣乐团,上卡尔登观话剧,讨论文艺的写作等等。如五月二十二日记有云:

> 暮返家,见家槐已在斋。今日特为圭之文稿而来。谈至十时许始去。

他以诚恳坦白的襟怀,对我等拳拳诱掖。并谓我之生活应加以改变,古书不妨读,但做人方法及必修书籍亦不可废。我等聆此乃大感动,甚愿长以为好也。

这里有须略为说明的,他对我们的劝勉,完全站在私人的友谊立场,绝对不摆出半点青年导师气派,以居高而临下。如同时的一位友人,他的学识根底不及家槐远甚,居然亦不时地滔滔训诲,且态度尤不甚诚挚,如说我们是小资产阶级,而彼则无疑为标准战士,虽然用心未尝不望我们的向上,但看到他那种谈吐气概,便使人可望而不可即。至于他所有的学问呢,大抵为浮而不实的道听途说,再加上极力的夸张,觉得他口中所说的人个个都是远离尘土的神。如说《乱弹及其他》作者的生平事迹,其实多是报屁股上的逸闻故事,而他却视同信史一般地随手拾来。后来他为自己办的那家学校写一篇宣言,想托家槐送给 L 报去登，不禁使家槐大为摇头，觉得他不唯离挤墨汁做作家犹远，就是真正地想干教育恐怕还须挤点汗汁上去。这篇宣言结果自然未被家槐送去，且对之亦甚失望焉。

从这些小事情上对照起来，很可以看出家槐的特色，不可不说。其写作除少数的散文，和一本英国福克斯著《小说与民众》的译本外，自以小说为最。但不幸说到小说，难免要联想到这件使他不愉快的旧事上去，虽然两方面要负点责。他在沪的时候，不时以这件事情深自慨悔。不过反转来也是一种好处，他并不像某些人那样的一受刺激，便对人生冷淡起来，而是更坚决硬朗地踏实地走去，思想也益趋积极凝练，最后即用行动来贯彻实践，故离沪后遂有覆车之祸，据其女弟来信，创伤虽已医好，短时内右腿恐不能恢复原状云。这里我们希望故人无恙之外，对此更感到惶恐悚然。闻家槐所过的生活甚为艰苦，一月内须奔走几次，但接下去也便是卓绝两字了。且其精神生活反极平稳，体重时有增加。以此再和前述的旧事并论，我觉得一时的毁誉究竟不甚重要，纵使这是他无可讳饰的缺点，但只要看到一个人能努力为后来打算，便像新肉重生，所见者不过痕迹罢了，倒是我的这段话之为多余。虽然世上不乏狭隘之徒，捉住一点永不放松，但这先要看一看他本人是否真乃毫无疮疤，假如属于眼前的我们，似乎更可免开尊口了。

家槐的小说集，最早好像是良友版的《暧昧》。这部书是出卖版权的。不过他很懊悔，因为后来销路相当好，不如抽版税之合算。另外有一册黎明书局的《竹布衫》，北新书局的《寒夜集》、《稻粱集》。后面的一部是他离沪后才出，恐本人尚未见面。本来还有一本文艺论集，归上海杂志公司出版，原稿已送去审定,因战事作而停止。他曾经托我将其所有著述都寄去,误于我的因循至今未有交待。其他未收集的部分想必很多,原想代他雇人抄写寄去,后来以他地址已变动,新址不清楚只好作罢了。

散文《稻粱集》,刊于一九三七年八月。版式略小,北新创作新刊之一。最末有一篇是《怀志摩》。

他似是徐氏的学生,赠他的立轴中上款为"家槐我弟",今尚存寒斋。徐氏对家槐颇爱护,彼亦甚钦敬。《暧昧》中有一篇提到"猫"的即是取材于徐氏家中。其文曰:

> 我每每幻想一个大冻的寒夜,一炉熊熊的白火,前面坐了我们两个人,像师生,又像兄弟;旁边蹲着他最疼的猫——那纯粹的诗人。

最后则说:

> 但在这荒歉的中国文坛,这寂寞的人间,他的早逝却始终是个无法补偿的,……我想他那不散的诗魂,也是一定会在泰山的极巅,当着万籁俱寂的五更天,恨绵绵的,怅望着故乡的天涯!

这不难见出家槐与这位诗哲的交谊。不过他在文末的后作的补记里,却又表示这篇东西应看作他五年前的旧作,"我的文章实在太浮太偏了"。大约因徐志摩身后的毁誉颇不一致,不应说得过偏,只是其内心自然还是敬爱感谢,而其实倒是顾虑太甚。一个人岂能做到四平八稳,一无棱角——要是这样,恐怕也难得令人放胆接近。临到朋友的纪念评论,只要其目的不在标榜高捧,若是笔锋常带好感,似也不失人情之常,正如我写此小文的意义一样。

经过这样几个月的往还切磋，和家槐的关系更日趋密切。如六月七日所记：

> 晚上九时余，何周二君来，被雨阻，俱下榻书斋后面，畅谈甚久。

其时上海文化异常热烈，剧坛又盛极一时，有四大话剧团的先后献演。这一天我正和圭在看业余实验剧团的《罗密欧与朱丽叶》，几场斗剑尤其精彩。其他的各方面空气，也大有山雨欲来风满楼之势。家槐遂时时地来为我们谈论朝野动乱，比及夜深，或上小酒馆买醉，归来则为我留宿，非至丑后不睡。凡此琐碎者不必悉记，要记的是和他在故乡的一段日子。

先是，家槐读英国福克斯文艺论集曰《小说与民众》，心窃好之。旋复知福氏曾在西班牙内战中佐政府军力战捐躯，益坚其歆敬，得书店同意，拟加以迻译。唯以沪居嘈杂，友朋日有周旋，颇思易地而潜心作"媒婆"。适逢我有故乡之行，恐只身嫌太枯寂，乃以此意与家槐商，引为大快。时交通尚方便，二人遂欣然就道，鼓棹浙东，于一九三七年七月既望动身，舟行一昼夜，翌日即抵故乡。——家槐往外或返乡皆乘火车，这次还是他初度与海对面，听着夜来哗啦哗啦的浪花冲击之声，仿佛扣舷而歌，不禁顾而乐之，以至一夜无眠。

跳上码头，我们唤了两辆洋车绕道抵家。车辆在石子小街上掠过，一路辘辘有声，并呈颠簸之状，或者是尘世坎坷的象征吧。在惯于平滑的柏油道上行走的人，对此亦别有一种情调，尤其是那些十九世纪低陋的平房，曲折阴暗的羊肠小道，常常引起一种思古之幽情来。幸喜风景不殊，城郭依然，碧水粼粼，鸡犬相闻。我因几年不返故乡了，这时真有五柳先生笔下的"乃瞻衡宇,载欣载奔"之快,虽无稚子候门,差有老仆相迎。吾乡屹立海中,素以鱼介著声东南,邻近便是佛国的普陀,夏季避暑最为相宜。我和家槐的原定计划,是想把他的译著完毕后,再到普陀去游玩,终以战事而未果,此后不知这个志愿能否实现?

寒家乡下旧宅,始建于先祖之手,至父亲而重加修葺,别建起坐之所数楹。乡间的房屋多数是很宽敞,再加上郊外吹来的习习清风,所以虽当炎夏,亦复幽凉了。

说到我对故乡的怀念,说来原是平凡得很,因为它究竟占据了我"过去的生命"之一角。世上固多名区胜迹,但儿时游钓之地也未尝不为凡夫所依依。古人有云,富贵不归故乡如锦衣夜行。又如《昼锦堂记》所说,仕宦而至将相,富贵而归故乡云云,少时颇觉其气势浩大,今天则又嫌其暴发气太重,虚荣自大,去读书人的理想远矣。只有《晋书》所载,张季鹰见秋风起而思及故乡的莼菜鲈鱼,及陶公《归去来辞》所述,才觉得魏晋人之不可及,虽然对前者也许为了自己是老饕的缘故。《魏志》记曹孟德诏令中有述原来的志愿云:"故以四时归乡里,于谯东五十里筑精舍,欲秋夏读书,冬春射猎,求底下之地,欲以泥水自蔽,绝宾客之往来,然终不能得如意。"结果虽是事与愿违,却也可窥到曹公的气度志向,而其不能得如意的原因,实在还是为了世局的过于混沌,只得"思遂更欲为国家讨贼立功"矣。这次读《朴园随谭》,有同样的及早还乡读书的想望,尤其先获我心,但也不免要黯然无言了。

我的文字到这里忽然又拉扯开去,大有喧宾夺主之概,但文思也将到了枯竭了;那么,就此再记一点赶快结束吧。

我们在乡间的日常生活，大约是早晨七时前起身。家槐很讲究卫生，还硬拉我同行深呼吸，如此十分钟即进晨餐。有时叫佣人往街上买刚入市的黄鱼来，金鳞赤口，非水乡百姓不易得，而乡间则视为寻常。先用水蒸沸，再去其骨，命灶佣制羹作面，面上则浮着碧绿的嫩葱，令人想到唐人夜雨剪春韭的句来，于色、香、味三面皆显出一种新鲜而丰腴的特色，盖以其得土膏露气之真，较之沪上吃的市气甚重的"黄鱼面"，真"不可以道里计"了。餐罢遂相偕出城郭，看着野渡无人，杨柳依依，或过竹院逢老僧闲话，步麦陇听牧童歌唱，几乎令人忘去身外的一切。——以上云云，并非我刻意地在纸墨上渲染点缀，凡是在乡间消磨几年的人，都可以俯拾皆是，不烦跋涉，此正所谓风月无边也。沈尹默先生诗云"江边终日水车鸣，我自平生爱此声"，就是一幅最素朴的江村浮世绘。而古今来最享盛名的诗，也莫非在于白描的自然的贴切。这样地过了片晌，我们才回家工作。家槐埋头在书斋中翻译，我躺在北窗下读中外小说，如《夏伯阳》、《伊特拉共和国》、《死魂灵》、《子夜》、《密尔格拉得》……或重读，或初读。午饭时菜肴多为水族动物，但家槐则只要求青菜豆腐，谓其中维他命甚富。这很使我乏味扫兴。我因他初次到鱼虾之乡来，还特地四出设法拣最新鲜壮实的东西，亲友中有送我以肥大青蟹的，即在乡间已视为异味，有时出重价也不能得，不料他竟远而避之，说是细菌太多云。这真令人有煮鹤焚琴之感。后来看到生食的咸蟹，甚至连看都不敢看一眼。大约这些东西在离海过远者，确乎不肯轻于下箸。如我曾与卫聚贤先生说及"蟹"时，他居然引为闻所未闻。后来经我强迫家槐的尝试，不料第二天果然有点泄泻，其实还是为了他夜半的食凉受风之故。

午餐既毕，照例是手倦抛书午梦长。醒来或饮冰，或剖瓜，然后各人又去译作阅读，待至薄暮，即往教育馆的体育场上拍篮球。拍毕，必由馆后的一座小山迂径回家。山上有亭翼然，可供游人饮食，因山麓有一酒家，晚上如有星月，亦可就石桌小酌，听松枝随风作响，但终究觉得太黝暗了，以致不能辨物。一日，友人曾宴我们于亭上，家槐于漆黑间竟误食了一匹蜘蛛，主人虽努力道歉，而家槐则因此通宵不能成寐，亦此行之趣话。

教育馆中职员钱君，曾读其小说集，经我介绍后必间日来夜谈，并有小说稿托家槐修改，希望能在上海杂志中刊载。后钱君患肺病死，而原稿犹至今存放寒斋。

如此前后地住了二十天光景——自七月十六至八月七日——因芦沟桥事件发生，而上海又有风声鹤唳之势，母亲们已有几封信来催我们动身了。我们只得打消游普陀的念头。但这时交通已有点混乱，乃从乡间乘轮到穿山，乘公共汽车到宁波，再以高价买通轮船茶役到达上海。而家槐的这本译著也终于没有完成，后来在上海再寄审我家时始告藏事。故在译后琐记中，曾说到当全国情形异常严重时，"我却还是蛰居在定海的载道家里赶着译事，那种焦急、苦痛、难堪的滋味，真是难以形容的。因此没有译完就和载道一道赶回上海"。他本想再加点注解引证，以时间心绪故也不及补进了。至民国二十七年三月，此书始由生活出版，定价四角。然家槐已不在沪。由我自己往书店购买，故至今未有上下款，今恐亦"绝版"了。

总之，在我的过去生活中，恐以这一年乡居时为最宽畅，自由与安逸了；而我的朋友中，也以家槐为最诚挚坦白的一个。形诸笔墨，或尚不为多事吧？惜今未知家槐漂泊何处，如得读此文，亦能鉴而怜之否。

八月廿七日夜三鼓，灯下

怀王统照

◎李健吾

　　上海还没有完全沦陷的时候，能够在一起谈天的朋友已经不多了，形势也一天比一天紧张，心里全不很安定。在这有限的几位可以无所不谈的朋友之中，王统照年事最高，和我的相识也最早，掐指算来，二十多个年头了。我那时还在厂甸附属中学读书，班上有几位同学如蹇先艾、朱大枬等等，很早就都喜欢舞文弄墨，办了一个《爝火》周刊，附在景爸的国风日报出版，后来似乎还单独发刊了几期，那时候正是鲁迅如日之向午，徐志摩从英伦回来。我们请鲁迅到学校演说过一次，记得那次是在大礼堂，同学全来听了，我们几个人正忙着做笔记。鲁迅因为在师范大学教书，所以我们拜托先生们（大都是师范大学毕业生）去请，也还不太困难。因为我们各自童心很重，又都始终走着正轨上学的路子，以后就再也没有和这位流浪四方（我们当时不懂什么叫作政治的把戏）的大文豪发生实际因缘。徐志摩和我们就比较往还多了，他住在石虎胡同松坡图书馆，蹇先艾的叔父是馆长，所以不似蹇先艾和他那样熟，朱大枬和我却也分了一些拜识的光荣。徐志摩到我们教室讲演过，是他回国第一次讲演，事后他埋怨蹇先艾，连一杯开水也不知道倒给他这位诗人留学生喝。但是他很喜欢我们这几个没有礼貌的冒失鬼，后来他在晨报办副刊和诗刊，就常常约我们这几个不成熟的小朋友投稿子骗钱。我说骗钱，并不是说以后卖文章就不叫骗钱，我就一直没有长进，活到四十岁，还得仗着写文章过日子。可是钱呀，在我们几个中学生看起来，真有了不起的重要啊。蹇先艾住在大门道一间小小门房，和师陀在沦陷期间住的那间白俄房子不相上下，父亲早已去世，生母的身份不高，是我最敬佩的一个勤慎的苦同学。我在高小念书的时候，父亲在遥远的地方遇刺，家里穷得不可收拾，和母亲姐姐住在靠近南下洼子一家会馆，一个月仰仗二十块钱利息过活，本钱是父亲的朋友捐的。朱大枬比我们两个人家境优些，所以也就写得不多，而且天分高，英文好，不等毕业就考进了交大。蹇先艾和我能够骗到一点文章钱，回到家里觉得分外体面，好像这就是一种表白："妈！你看！我会赚钱了！"

　　让我赶快收住野马。我这个人不大喜欢流眼泪，因为写到前面那一句话，我觉得我要流眼泪了，那是神圣的，我不要丢人。让我掉转笔头来说王统照。大概是徐志摩回南边去了，晨报的《文学旬刊》就交给王统照接编。他那时候似乎在中国大学读书，写长篇小说，也翻译东西，后来胡适还因为他翻译错了写文章骂他，话很刻薄，我相信胡适如今一定很后悔，因为他有时候感情旺盛，专爱骂不属他那一体系的年轻人，并不公平。譬如说，他捧伍光建的翻译，捧上了九十九天，可是天晓得伍光建后来造了多少冤孽。商务印书馆是卖名字的书店，还一直当食粮送给中学生做英文课外书读，真是害死了人。

　　尽管胡适骂王统照，我们这几个穷中学生爱他，他自己是大学生，没有架子，人老实，却又极其诚恳，他写的最坏的东西也永远不违背他的良心,也永远表里如一。他没有浮光,可是向山东人要浮光,应当埋怨自己不懂土地性。找一个现代人和他相似的,或者文字,或者为人,我想到的也就是叶圣陶,奇怪的是,叶圣陶是江南人,我前面说的那个"土地性"失了依据。在文学里面追寻科学,真是一件困人的事。对了,朱自清也相似,然而朱自清又是山明水秀的江南人。不过,相似不就是相同;请看王统照的文字藏着怎样一股拙劲儿。他们三位或者是我的老师,或者是我的相知,全是前辈,全是没有言语可以形容的天下第一大好人。

　　《文学旬刊》常常刊登我的小把戏,似乎这位山东佬看中了我这个山西醋坛子,叫我心里只有感激。我那时候常常跟着陈大悲演戏,也学着写剧本,有一回写了一出两幕剧,完全不成东西,我斗胆寄给他看。忽然有一天黄昏,会馆里来了一位不高不低不胖不瘦的先生,开口就问这里有没有我这么一个学生。原来就是如雷贯耳的王统照。他坐在我那间大房子,和我谈戏,谈文学,鼓励我,说我有一天会有出息,戏不好,可也不要灰心,无妨寄给《东方杂志》试试看。天黑了,妈端了两碟子菜出来,叫我陪王先生吃饭。妈新蒸出来的热馒头,又香又甜,妈的馒头是有名的。王统照吃饱了。我真担心他吃不饱。我多感激这个可亲可敬的人物啊。

　　一转眼十年过去了,唉,过去了十年。我们久已失却音信,忽然又在上海重逢。他还记得那年在会馆吃妈做的馒头……原谅我,眼泪又流下来了。我这个人好似铁石心肠,一提到死了的妈眼泪就止不住流下来。我不写了。那是很可怜的。一个没有了妈的四十岁的中年人。

　　王统照在沦陷之前,短时期编过《七月》,我大约也投过稿子,后来上海沦陷了,他隐姓埋名,把家搬到吕班路一个白俄人家,名字改成了王洵如,除去我们几位知交,简直没有人会想到他在上海。我们从来不向外人谈起这位隐君子。到了三十三年冬,他觉得上海的生活太高了,敌伪之下更难做人了,他决定把书存到朋友各处,搭船回到了青岛做乡下人。直到胜利之后,接到他的信,才晓得他在青岛康强如恒,最是使朋友们欣慰的事。

"……剑潜踪北方,并未径到青市,在他邑戚家隐住两月方至青,极少外出。时日人炸山筑堡,备作市战,所幸八月中旬,忽焉降服,剑在此亦如拳石落地,不系心头,欢然旬日,而交通全断,各地方纷如乱丝,青市真成孤岛,除收听广播外,函件亦被阻塞……故里抢攘,黎民痛苦,冷眼旁观,殊无佳怀……"

友

忆克木

◎南星

　　多年前,秋天,我住在大学宿舍里。夜间不喜欢念书,也
不愿出去找人,常常自己守着薄暗的灯火作一些默想。有时
候读几章小诗,那时候我已经喜欢德拉梅尔和劳伦斯了。中
国的新诗则刚刚算是开展了它的新形式,尽量脱去脚韵和字
数行数的束缚,和世界新诗形式取同一动向了。做了先导者
无疑地是戴望舒先生,同时《现代》杂志供给许多篇幅来刊载
那些所谓新印象派或新象征派的诗作。然而诗人却十分稀
少,似乎每期常见的只有陈江帆李心若这两个名字。某一夜,
我在《现代》上见了金克木的诗,生疏的作者,凝炼诗篇。那题
目是《古意》,字句已经完全遗忘了。我对这诗坛新人起了一
些微微的遥望之情。过几天,一位同学告诉我说有人愿意见
我,问什么时候有工夫,那位客人正是《古意》的作者。

　　有了主客三人的我的小屋里灯光亮了,语声也繁密起来,
我初相识的诗人是一个身材不高,眼睛和嘴唇充分露着捷才
的青年。十分健谈,毫无倦意,不过我们所谈的倒只是一些眼
前的闲话,关于学校和这大城的,连他是从故乡安徽流浪到这
儿来的话也没有提到。他说了来找我的原因,说他两年前在
一个朋友处见了我的文稿,那位朋友认识一个报纸副刊编辑,
副刊停了,编辑听从请求把打算烧毁的存稿送了人,我的《北

地书简》也在其中。说他读后愿意见一见我，于是照稿末的地址到"东方公寓"去问，知道我已经搬走没有消息了。说就那样地延搁下去，直到偶然从那位同学的口中听说了我的名字。

第二个晚上他又来敲门了。我们很快地熟起来，毫无拘束。我们谈了许多关于文艺思潮、写作技术，和诗歌的新形式及内容的话。因为我把自己的小文给他看请他批评，他也就把他的诗歌和散文带了来，说是"投桃报李"。那些散文写得明快犀利，文如其人，论文杂感居多，都是从他和一个朋友合办的周刊上剪下来的。诗歌则是珍贵的手稿，达到轻灵自然的最高点，这特色一直在近三四年的诗人之群中露着头角，无人可及。

他来北平，没有钱也没有职业，冷天穿一件宽大的袍子，暖天一件淡青大褂，十分朴素。因为以法文为学，寄居在小石作邵可侣教授家里，每天一半读书，一半访友，见了人总是愉快自如，没有一点为贫苦所影响的表现，我到现在才知道这几乎是人所不能的事。贫苦压倒了多少友人，只有克木始终保持着他的笑傲的风趣。而且，他并不是优游卒岁的，他写诗，译文，热心地参加邵先生的法文座谈会和朱孟实先生的新诗座谈会，而某一个下午，他又去找我商量一起到大学课室里去听德文了。同时，因为不肯整天地蛰居，他认识了许多知识层的朋友，那相熟的程度真是快得可惊。宿舍院里和街路上常有对他招呼和立谈的。连邵先生的厨役也做东请他吃饭。这么一个与世相投的人，这么一个世界主义者，却能潜心默想，以文学上最高形式的诗歌为表现心思的工具，真可以说是两重人性之神秘的复合了。

到年终，他已经写成了他的《永夜辑》、《美人辑》和《缘木

忆克木

153

友

辑》。"缘木"只是有求不得之意,并非如商寿先生所说的一个古怪的题名。"永夜"是从杜甫的

> 永夜角声悲自语
> 中天月色好谁看

引来的,他也就以这两行做了那一辑诗歌的题辞。

枯索的冬日,我们曾经纵谈过白天和黑夜,自哲学科学文学以至社交学侦探学都是美好的谈资。他还在研究天文,指给我每颗微小的星辰的方位和名字。夜深了,我送他出宿舍,又不知不觉地伫立在马路旁长谈起来,有一次,他对我说:"人的生活态度真是千变万化各求解脱的。我有几次看见宿舍的邮筒前面站着一个小孩子,对着邮筒口喃喃低语,虽然听不清说的什么,我想大半是诉说心思吧。"为了这,我曾跑到宿舍对面的小商店去打听过一次,说是有的。这就是《蝙蝠集》题辞第一行"有对着邮筒喃喃低语的小孩"的来源。

他有时翻阅我的诗稿,看了那些涂了一次又一次的笔迹并不说什么,只问我平时写诗的方法,我回答说就是这样先草草地写出来然后大加修改的。他告诉我他并不如此,他常常口占,有时在外面得句回去再写出来。我对自己的迟钝觉得惭愧。在我的杂乱的书桌上他提笔不加思索就可以写出几千字。我们写过一些游戏文章,署了假名寄报纸副刊。但他写作的真正态度却是严肃不苟的。见了我手下的从开封和苏州寄来的小诗刊和催稿信,他即刻告诫我不可胡乱发表,否则我必会渐渐松懈下去,毫无成就。他把从西郊寄来请他填写的作家表给我看以做笑料。只有时寄稿给徐霞村戴望舒两先生,刊《每日文艺》和《新诗》,他说这已经是最大的"忍不

住"了。

寒假将近时,他做了大学图书馆的职员,每月不过几十元的收入,他已经觉得颇有余裕。到次年春天,三月,他倦于职员生活和大城生活,决心到莺飞草长的江南去旅行了。

> 我喜欢春天的江南,江南的春天,
>
> 我喜欢微雨的黄昏,黄昏的微雨。

他从南京来信说,"只是因为一阵想望的心情,一个可爱的同伴"便乘车南下了。旅费除了一点点的积蓄外,后来又把他译的一部天文学卖给了商务印书馆。他从南京到上海,又到杭州小住,同时编订完毕他的《蝙蝠集》,交时代图书公司印行了。在信上他对我说南方友人,说生活,说上海的文人和书店。某一封信的结尾是

> 北国诗人倘问讯,
>
> 落花如雨乱愁多。

这两句。但这期间他忽然懒于写作了,我正在办一个小刊物,约他写诗和"西湖通信",他都没有动笔,只把旧作诗抄寄了许多篇来,未发表的一部分至今留在我的手中。他说从此一字不写了。因为他在新诗的内容上作了几种尝试,以为走不通,便毅然停笔,而在《文饭小品》上发表了他的《论中国新诗的灭亡》,这篇论文中显示出他对同时代诗人和自己的失望,但我觉得只是他热情太重希望太奢之故,自然中国新诗的成绩之坏也确是一件憾事。

"我五月初离杭,现仍未决何往,大约上苏州。此后两月中恐难在一地居留半月以上。"就这样,他一直到暑假才回到这大城里来,过沉静的译书生活,说文学已到没落的时代,读

者日趋减少,科学书却风行起来,大家换一换方向也好。不过他仍然鼓励我整理旧稿,我才编订了自己的小诗集,交新诗社出版。酷热的日子,我却在可怜的爱情中过着疯狂的生活。他为这劝过我多少次。他永远持着不可太认真的主张,说友人徐迟刚订了婚就后悔是大烦恼,不如原来就冷静一点。克木自己从来没有因恋爱而痛苦过。他在信上也这样写:"看过我的那首《春意》吗?那是我懒人的恋爱,喜欢不即不离。你似乎不是这样。那么我送给你几句话:若以恋爱本身过程为目的,可以尽量沉溺于其中,只要身边有可靠的友人做看护。若欲使恋爱'成功',非用手段不可。吴宓诗云:'始信情场原理窟,未甘术取任缘差。'以为如何?"在《邻女》中他写道:

> 最好我忘了自己而你忘了我,
> 最好我们中间有高墙一垛。
>
> 愿我永在墙这边望着你,
> 啊,愿我永做你的邻人。

但我终于是痴顽不化的,暑假后携带着烦忧逃避到七百里外的乡间去了。我对短短的人生仍是十分执着,白白地听克木说:

> 三年,九年,三十年,九十年;
> 人生不过百年哪!
> 待天边飘起一片云时,
> 花的梦,鸟的梦,月的梦,
> 都是风里的蜘蛛网了,
> 残留的许只有这临水的岩石。

他写给戴望舒先生道："人生只有生殖与生存，理智和意志从来没用，艺术宗教都是欺人自欺，大家无非是逢场作戏。"对人生如此看得透彻，无怪他的生活态度是不沾泥土的了，虽然他自认为他是"自知其不知"的，是因为"又演又看"而有了无比的痛苦的，事实上他却是一个既然无可奈何无妨随缘自在的人。

从一九三六年冬天到一九三七年春天，他总沉默着，不写诗也不写信，友人都向我询问他的行踪，夏天，他才发表了他的谨严雄壮的长文《论中国新诗的新途径》，对过去新诗的形式内容及其成败作了极精密的分析，然后推断将来的途径有三：新感觉诗、史诗和诗剧。署名仍没有用真的。七月，我从乡间回来，他还问我，"你怎么知道是我写的呢？"然后很客气地说是杂凑而成。在我看来，除了诗剧，写新感觉诗和史诗实在是诗人的大路，中国新诗中极缺乏时代意味，史诗也几乎一首没有，只有克木的不十分为人注意的《少年行》甲乙两篇做了成功的试验。

他从南方回来后的一年中，除了因母丧回过一次安徽之外，总没有离开这大城，仍寄寓在友人家，直到那年七月底，这地方经过空前的变乱，我竟未得去找他一次。八月，我从甘雨搬到沙滩，才托人到槐抱椿树庵二十一号去问，说是已经走了，此后便毫无消息。他的信件也失落了，去年我才听说他已经离开中国到印度去了，那些满城飞着鸟或满街走着牛的城市对于他或者是好的。愿他平安。

1944 年 8 月

友

孙大雨

◎沈从文

　　十九世纪末年，煤烟遮隔了人与上帝的关系，艺术家把服侍上帝的虔诚，转而来阿谀人类中的自己。雕刻家如 Auguste Rodin，画家如 Paul Cezanne 以及许多许多人，莫不把宇宙中使自己炫目发呆那点体积与颜色，忠实而又大胆地制成作品。一切作品皆带了离经叛道的精神，失去了宗教情绪所培养的温润、柔和，而注入人的气息——原始人的野蛮朴素精悍雄强的气息！作风为多力、狂放、骄傲、天真。经院派的艺术批评家诅咒虽多，这些诅咒终于由大学校到街头，由街头到教堂阴暗的角隅里，消灭了。人对神虽渐遗忘，却在沉默中认识了这世界人类的嗜好。

　　"无论如何这不是一件坏事情。这人类，能从煤黑油中提取香料，从无价值中找出价值，从丑恶中发现美，所有的行为，皆似乎值得注意！"那个高高在上的神一定曾经那么打算过。

　　上帝似乎也在模仿人类的行为，故把这人也变得更像一个人。于是他就造了一个孙大雨。十分草率的外表，粗粗一看，恰恰只是一个人的坯子。大手，大脚，还在颀长俊伟的躯干上，安置了一个大而宽平松散的脸盘。处处皆待琢磨，皆待修正。然而这个毛坯子似的人形，却容纳了一个如何完整的人格，与一个如何纯美坚实的灵魂！也多力、狂放、骄傲、天真。倘若面对着这样一个人，让两者之间在一种坦白放肆谈话里，使心与心彼此对流，我们所发现的，将是一颗如何浸透了不可言说的美丽的心！

中国士大夫对于艺术的观念，有他东方一贯的定型。吓怕鬼魔的意识，潜伏到每一个人的血液里，推而至于艺术，巨大惊人的制作，不是诋为疯狂便视为外道。轻便而易于携带的小小鼻烟壶、象牙牌儿、哈巴狗、百灵鸟，以及精巧玲珑的什物，皆为上等人不可分离的弄具。对于人，则白脸长身"小生"一般的人物，温顺，中庸，办事稳重，应对伶俐，圆滑如球，在社会上必处处占到上风。人既生在这种国家里，因此我们自然就会常常听人说到，"大雨吗？……"这是一个独立字眼儿，话中埋伏了点嘲诮，不同意神气镶在嘴角微笑里。这不足为奇，因为这些人平素就是怕鬼魔，怕高山，怕刮风，怕打雷的人。一个有脾气有派头的人，在他们面前原也就是一种恐怖。大雨为人直率处，与为人不能同懦弱和虚伪谋妥协处，使他们感情上皆极容易患重伤风。大雨不能从这些人方面得到好的友谊和理解，大雨自己口上说不明白，心里却明白的。

然而人世中也仍然不缺少把诚实与骄傲、华丽与魄力，看作一种难得的德性，对于这种德性加以敬视加以颂扬的人。死去受人误解的志摩，活着受人误解的宗岱，便是这种人。即或这种人是少数中的少数，有了他，就好了。毫无可疑，这是培养诗人活力的一种人。没有他，大雨也许早就绝望自杀了。没有他，也许大雨自出生到如今的历史，记载或当不同一些。

这少数中的少数朋友，在另一时，对于大雨精力消费的用途，常常成为极担心的问题。对于他在课堂上与大学生的舌战，在大街上与行路人的作战，在……无一不感觉到忧虑。

水得归到海里,青年人的热情得归纳到一个女人的爱情里。

较熟的朋友,皆明白大雨那点充满了人世应战求生的精力,单用一篇五百行的长诗,是不能够排遣的。那首放光炫目的长诗,不过把这个诗人的精力排遣去一小部分罢了。使大雨柔和一点,让"秩序"、"静",与那一点"理性的反省"、"幽默",在大雨生活中占有一个位置,皆得尽他那张吟诗的口与那只写诗的手,另外找到一种用处。倘若有个女人,健康、美丽、年轻,而同时又还能在这个有脾气有派头的巨人身边理解大雨爱大雨,那么,"大雨吗?……"那个字眼儿就不会在另外一些乡愿绅士间口中存在了。

可是,"女人中有敢爱大雨的人吗"?想想看,这个难题使朋友皱眉了。这世界尽有把自己生活作一孤注来押在婚姻上的大胆女人。这种女人也并不缺少一个完美生物的一切长处。上帝造她时并不忘掉他应有的手续,第一使她美丽,第二使她聪明,第三使她同情身边那个男子的行为。上帝已尽了他应尽的责任,至于"德行",那附属在人与人生活上随了风气时时刻刻在那里转移的东西,已不是造人者的责任!……也许就正是这样东西的缺少,大雨对于这种女子也曾作过"逃脱"的行为。这悲剧增加了朋友的同情,同时也增加了半生不熟人的嘲弄。连同大雨那点爱舒服、会享受、喜买好书的脾胃,大雨在一些人眼目中,便很自然地被称为"唯美派"。俨然除了美这个人就毫无所知。这是很确实的事,大雨比许多人认识"美",许多人却比他明白"世故"。

一个 Henri Matisse and Vincent van Gogh 的模仿者,想从大雨口中得到两句称赞的话语,可大不容易。但一个具有能欣赏他们作品的人，不为那点粗野华丽颜色所惊讶辟易，却有胆量同这类作品接近，同时自己又是个上帝手中"手续完备"的生物，那么，那于她，大雨怎么样？

如今朋友们所担心的是另外一件事了。"一切水皆得归到海里，到了海里，平静了，那点惊心动魄的波涛的起伏，就不再见了。大雨的那首诗，恐怕也永无完成的机会了。"一个不可说明的感觉，也间或在朋友间心上掠过，"大雨那首诗，难道就结束了吗？"这感觉大雨一定能明白不是"幸灾乐祸"。

我所见的叶圣陶

◎朱自清

　　我第一次与圣陶见面是在民国十年的秋天。那时刘延陵兄介绍我到吴淞炮台湾中国公学教书。到了那边,他就和我说:"叶圣陶也在这儿。"我们都念过圣陶的小说,所以他这样告我。我好奇地问道:"怎样一个人?"出乎我的意外,他回答我:"一位老先生哩。"但是延陵和我去访问圣陶的时候,我觉得他的年纪并不老,只那朴实的服色和沉默的风度与我们平日所想象的苏州少年文人叶圣陶不甚符合罢了。

　　记得见面的那一天是一个阴天。我见了生人照例说不出话,圣陶似乎也如此。我们只谈了几句关于作品的泛泛的意见,便告辞了。延陵告诉我每星期六圣陶总回甪直去;他很爱他的家。他在校时常邀延陵出去散步;我因与他不熟,只独自坐在屋里。不久,中国公学忽然起了风潮。我向延陵说起一个强硬的办法——实在是一个笨而无聊的办法——我说只怕叶圣陶未必赞成。但是出乎我的意外,他居然赞成了! 后来细想他许是有意优容我们吧,这真是老大哥的态度呢。我们的办法天然是失败了,风潮延宕下去,于是大家都住到上海来。我和圣陶差不多天天见面,同时又认识了西谛、予同诸兄。这样经过了一个月,这一个月实在是我的很好的日子。

　　我看出圣陶始终是个寡言的人。大家聚谈的时候,他总是坐在那里听着。他却并不是喜欢孤独，他似乎老是那么有味地听着。至于与人独对的时候，自然多少要说些话；但辩论是不来的。他觉得辩论要开始了，往往微笑着说："这个弄不大清楚了。"这样就过去了。他又是个极和易的人，轻易看不见他的怒色。他辛辛苦苦保存着的《晨报》副张，上面有他自己的文字的，特地从家里捎来给我看；让我随便放在一个书架上，给散失了。当他和我同时发见这件事时，他只略露惋惜的颜色，随即说："由它去末哉，由它去末哉！"我是至今惭愧着，因为我知道他作文是不留稿的。他的和易出于天性，并非阅历世故，矫揉造作而成。他对于世间妥协的精神是极厌恨的。在这一月中，我看见他发过一次怒；——始终我只看见他发过这一次怒——那便是对于风潮的妥协论者的蔑视。

风潮结束了，我到杭州教书。那边学校当局要我约圣陶去。圣陶来信说："我们要痛痛快快游西湖，不管这是冬天。"他来了，教我上车站去接。我知道他到了车站这一类地方，是会觉得寂寞的。他的家实在太好了，他的衣着，一向都是家里管。我常想，他好像一个小孩子；像小孩子的天真，也像小孩子的离不开家里人。必须离开家里人时，他也得找些熟朋友伴着；孤独在他简直是有些可怕的。所以他到校时，本来是独住一屋的，却愿意将那间屋做我们两人的卧室，而将我那间做书室，这样可以常常相伴，我自然也乐意。我们不时到西湖边去，有时下湖，有时只喝喝酒。在校时各据一桌，我只预备功课，他却老是写小说和童话。初到时，学校当局来看过他。第二天，我问他："要不要去看看他们？"他皱眉道："一定要去么？等一天吧。"后来始终没有去。他是最反对形式主义的。

那时他小说的材料，是旧日的储积；童话的材料有时却是片刻的感兴。如《稻草人》中《大喉咙》一篇便是。那天早上，我们都醒在床上，听见工厂的汽笛，他便说："今天又有一篇了，我已经想好了，来得真快呵。"那篇的艺术很巧，谁想他只是片刻的构思呢！他写文字时，往往拈笔伸纸，便手不停挥地写下去；开始及中间，停笔踌躇时绝少。他的稿子极清楚，每页至多只有三五个涂改的字。他说他从来是这样的。每篇写毕，我自然先睹为快；他往往称述结尾的适宜，他说对于结尾是有些把握的。看完，他立即封寄《小说月报》；照例用平信寄。我总劝他挂号；但他说："我老是这样的。"他在杭州不过两个月，写得真不少，教人羡慕不已。《火灾》里从《饭》起到《风潮》这七篇，还有《稻草人》中一部分，都是那时我亲眼看他写的。

在杭州待了两个月，放寒假前，他便匆匆地回去了；他实在离不开家，临去时让我告诉学校当局，无论如何不回来了。但他却到北平住了半年，也是朋友拉去的。我前些日子偶翻民国十一年的《晨报副刊》，看见他那时途中思家的小诗，重念了两遍，觉得怪有意思。北平回去不久，便入了商务印书馆编译部，家也搬到上海。从此在上海待下去，直到现在——中间又被朋友拉到福州一次，有一篇《将离》抒写那回的别恨，是缠绵悱恻的文字。这些日子，我在浙江乱跑，有时到上海小住，他常请了假和我各处玩儿或喝酒。有一回，我便住在他家，但我到上海，总爱出门，因此他老说没有能畅谈；他写信给我，老说这回来要畅谈几天才行。

民国十六年一月，我接眷北来，路过上海，许多熟朋友和我饯行，圣陶也在。那晚我们痛快地喝酒，发议论；他是照例地默着。酒喝完了，又去乱走，他也跟着。到了一处，朋友们和他开了个小玩笑；他脸上略露窘意，但仍微笑地默着。圣陶不是个浪漫的人，在一种意义上，他正是延陵所说的"老先生"。但他能了解别人，能谅解别人，他自己也能"作达"，所以仍然——也许格外——是可亲的。那晚快夜半了，走过爱多亚路，他向我诵周美成的词："酒已都醒，如何消夜永！"我没有说什么；那时的心情，大约也不能说什么的。我们到一品香又消磨了半夜。这一回特别对不起圣陶；他是不能少睡觉的人。他家虽住在上海，而起居还依着乡居的日子：早七点起，晚九点睡。有一回我九点十分去，他家已熄了灯，关好门了。这种自然的、有秩序的生活是对的。那晚上伯祥说："圣兄明天要不舒服了。"想起来真是不知要怎样感谢才好。

第二天我便上船走了，一眨眼三年半，没有上南方去。信也很少，却全是我的懒。我只能从圣陶的小说里看出他心境的迁变；这个我要留在另一文中说。圣陶这几年里似乎到十字街头走过一趟，但现在怎么样呢？我却不甚了然。他从前晚饭时总喝点酒，"以半醺为度"；近来不大能喝酒了，却学了吹笛——前些日子说已会一出《八阳》，现在该又会了别的了吧？他本来喜欢看看电影，现在又喜欢听听昆曲了。但这些都不是"厌世"，如或人所说的；圣陶是不会厌世的，我知道。又，他虽会喝酒，加上吹笛，却不曾抽什么"上等的纸烟"，也不曾住过什么"小小别墅"，如或人所想的，这个我也知道。

挚友、益友和畏友巴金

◎萧乾

一

《文汇月刊》约我写一篇关于巴金的文章。我一向怕写定题定时的文章，唯独这一回，我一点也没迟疑，而且拿起笔来就感到好像有个信息应传达给当代以及后世的读者，告诉他们我认识了将近半个世纪的巴金是怎样一个人。我立刻把手头的一切工作(包括正在编着的《杨刚文集》)全都放下，腾清书桌，摊开了稿纸。

从哪里开始呢？首先想谈的，还不是我们之间漫长的友谊，而是近两年来由于偶然机会才得知的他的一桩感人事迹。

一九四七年，巴金的一位老友在上海一家大学任教。当学生开展反饥饿运动时，学校当局竟然纵容国民党军警开进校园，野蛮地把几十名学生从宿舍里抓走。在校务会议上，他这位老友就愤然拍案怒斥，因而遭到解聘。他只好去台湾教书了。一九四九年，眼看要解放，他又奔回大陆。不幸，这位向往革命已久的朋友，却在人民政权建立的前夕与世长辞了，遗下幼小的子女各一人——他们的母亲早于一九三八年就去世了。前年我见到了这两个已进入中年的"孩子"，他们今天正在不同的岗位上为革命工作着。听说这一对孤苦伶仃的孩子当年曾受到过巴金一家的照顾。

我想，文章最好从这里开头，就写信给同我较熟的那个"女孩"（如今已是两个孩子的妈妈了），讲了我的意图，希望从她那里了解一些此事的细节。万没料到，我碰了个硬钉子。她回信说：

> 萧叔叔：对于您的要求，我实在难以从命。我爱李伯伯，就像爱自己的父亲一样。他的话我是要听的。他不喜欢我们谈他写他，也不喜欢我们对报刊杂志谈及我们和他的关系。在这方面，他是很严格的。我一定要尊重他的意见，不写他，也不乱说他……

接着，还说到巴金对自己的侄子以及其他家属，也同样这样约束。

看完这封短信，我身子凉了半截。因为以此类推，还有几件事估计也属于"禁区"。唉，写一个不许人谈他的事迹的好人，可太困难了。继而又想，我碰的这个硬钉子本身不正可以用来说明巴金的为人吗？

一九七八年《新文学史料》创刊时，编者记起我在咸宁干校沼泽地的稻田里，讲过巴金发现《雷雨》的事，就要我把它写出来。我当时说"发现"，这个动词我是经过掂量的，没有夸张。这件事我多少是个历史见证人。因为一九三三年至一九三五年间，每次我从海甸进城，总在三座门歇脚，《文学季刊》和《水星》编辑部就在那儿。我也认为重温一下新文学史上这段掌故很有现实意义。然而我晓得巴金不愿人提及这件事（下到干校，以为此生与文艺不会再有关系了，我才放松的），他自己更从不提它。要写,需要打通他这一关。于是就写信给巴金,反复强调我的出发点不是褒谁贬谁,只不过希望新的一代编辑们能更及时并认真地看一切来稿。这样,他终于才勉强回信说:

关于《雷雨》,你要提我的名字也可以,但不要美化,写出事实就行了。事实是:一次我同靳以谈起怎样把《文学季刊》办得好一些,怎样组织新的稿件。他说,家宝写了个剧本,放了两三年了。家宝是他的好朋友,他不好意思推荐他的稿子。我要他把稿件拿来看了。我一口气在三座门大街十四号的南屋读完了《雷雨》,决定发表它。

这里,看巴金对自己所做的多么轻描淡写啊!然而如果不是巴金作出立即发表的决定,曹禺在戏剧创作的道路上,可能要晚起步一段时日。

不居功,不矜功,厚人薄己,这在旧社会是少见的品德,在今天,也依然是不可多得的。

二

一九七七年初,天色开始转晴,我就同洁若商量托人代表我们去看望巴金一趟。我们托的是上海青年音乐家谢天吉,他那时正在歌剧院工作。由于都是惊弓之鸟,怕我这个摘帽右派会给巴金带来新的灾难,信还是由洁若出面来写。天吉带回巴金写给洁若的信说:

这些年来我常常想念你们。你说萧乾已六十八岁了。我还记得一九三三年底他几次到燕京大学蔚秀园来看我的情景。那时他才二十四岁……想不到你们也吃了不少苦头。我还好,十年只是一瞬间。为自己,毫无所谓。不过想到一些朋友的遭遇,心里有点不好受。

这段话使我想起一九三八年当他在上海孤岛(在敌人的鼻子下)坚持文化生活出版社的工作时,一个十六岁的孩子从远地写信给他,关心他的安全。巴金在《一点感想》一文中说:

我固然感激他的关怀,但是我更惭愧我没有力量去安慰他那渴望着温暖的年轻的心。我没有权利叫人为我的安全担心。……我绝不是一个失败主义者,我也不是悲观派,真正相信着最后胜利的极少数人中间,我应该算一个。

这两段话相距约四十年,然而精神却是一致的:悲天悯人,关心同类,同情弱者和不幸者;为自己,毫无所谓;对世界,只有责任感,没有权利感;在敌人面前不低头,苦难面前不自怨自艾;对前途,充满了乐观和信心。我认为这是了解巴金的人格、作品和人生哲学的一把钥匙。

三十年代初期,北方知识界(尤其文艺青年)曾十分苦闷过。那时,侵略者的铁蹄已经踏到了冀东,而掌权者仍不许谈抗战。一些后来当了汉奸的士大夫却在书斋里振笔大谈明清小品,提倡清静无为。一九三二年鲁迅先生到了北平,那就像窒息的暗室里射进一线曙光。一九三三年,从上海又来了巴金和郑振铎两位,死气沉沉的北平文艺界顿时活跃起来。他们通过办刊物(《文学季刊》和《水星》),同青年们广泛交起朋友。很幸福,我就是在那时开始写作的。

在见到巴金之前,我已经在《文学》、《现代》上读到过他不少的作品了。我觉得他是用心灵蘸着血和泪直接同读者对话的一个作家,不是用华丽的辞藻而是用真挚的感情来直扑人心的。那时,我自己的头脑可是个大杂烩。有早期接受的一点点进步思想,有从大学课堂里趸来的大量糊涂观念,首先是唯美主义思想。我就是带着那些到蔚秀园去找他的。

记得谈起我对华林的新英雄主义的倾倒时,曾引起他的共鸣。他总是耐心地听,透过那深度近视眼镜注视着对方,然后寥寥几句坦率地说出他的意见。后来我在《我与文学》一文中说:"一位由刻苦走上创作道路的先辈,近来曾作文否认灵感与天才的存在。这不仅是破除了一种寒人心的、帮人偷懒的迷信,且增加了正在踟蹰者的勇气。"①这位先辈就是在年龄上其实仅大我五岁的巴金。他对我更重要的叮嘱是"一个对人性、对现社会没有较深刻理解的人,极难写出忠于时代的作品"②。从他那里,我还懂得了"伟大的作品在实质上多是自传性的。想象的工作只在于修剪、弥补、调布和转换已有的材料,以解释人生的某一方面"③。

但是他反复对我说的一句是:"写吧,只有写,你才会写。"记得我的小说《邮票》发表后,巴金读罢曾告诉我,作品中那个无知的孩子说的"我不小。瞧,我也流泪了"那句话,使他受了感动。他就是这样给一个初学写作者以鼓励的。

巴金和郑振铎的北来打破了那时存在过的京、海二派的畛域。一时,北平青年的文章在上海的报刊上出现了,而上海的作家也支援起北方的同行。一九三五年,我正是在这样的情况下接手编天津《大公报·文艺》的。不,我最初编的是《小

---

①②③　见《我与文学》。——作者原注

公园》，一个本由"马二先生"主持的货真价实的"报屁股"。然而上海的作家们不计刊物的大小，一时张天翼、艾芜、丽尼等几位的作品就经常在《国闻周报》、《大公报·文艺》，甚至那个《小公园》上出现了。这个渠道主要是巴金和靳以帮我打通的。我也因而可以预先编出二三十期刊物，然后去踏访鲁西和苏北的灾区了。

三

同巴金过从最密切，还要算一九三六和一九三七那两年，我们几乎天天在一道。当时我在《大公报》编《文艺》，同杨朔一道住在环龙路(今南昌路)，隔几个门就是黄源。巴金那时也住在霞飞路(今淮海中路)的一个弄堂里，正在写着他的三部曲。他主要在夜晚写，所以总睡得很迟。有时我推门进去，他还没有起床。那是很热闹的两年：孟十还编着《作家》，靳以先后编着《文季》和《文丛》，黎烈文编的是《中流》，《译文》则由黄源在编。我们时常在大东茶室聚会，因为那里既可以畅谈，又能解决吃喝。有时芦焚、索非、马宗融和罗淑也来参加。我们谈论各个刊物的问题，还交换着稿件。鲁迅先生直接(如对《译文》)或间接地给这些刊物以支持。当时在处理许多问题上，我们几个人都是不谋而合的，例如我们的刊物都敞开大门，但又绝不让南京的王平陵之流伸进腿来。那时上海小报上，真是文坛花絮满天飞，但我们从不在自己的刊物上搞不利于团结的小动作，包括不对某些谰言加以反击。对于两个口号，我们都认为是进步方面内部的分歧，没参加过论战。当时我在编着天津和上海两地《大公报》的《文艺》版和《国闻周报》

的文艺栏,我不记得曾发过一篇这方面论争的文章,虽然我们都在"民族革命战争的大众文学"下面签的名。记得有一次我出差在外,回来看到郑振铎提倡"手头字"运动的宣言也签上了我的名字。料必是我不在时,朋友们认为不能把我漏掉,就替我签上的,我也因而深深感激。

那时在饭桌上,朋友们有时戏称巴金为我的"家长"。家长不家长,那两年我没大迷失方向,不能不感激他那潜移默化的指引。

巴金平素态度安详,很少激动。但是遇到重大问题,他也会头上青筋凸起,满脸通红,疾言厉色地拍案大叫。这就发生在鲁迅先生逝世的次晨,当时《大公报》在第三版上以"短评"方式向鲁迅先生遗体戳了一刀①。巴金气得几乎跳了起来,声音大得把房东太太都吓坏了。也就是那天,当他一听说我已经找报馆老板抗议并且提出辞职的时候,他立刻给了我有力而具体的支持,要我为文化生活出版社翻译屠格涅夫。

"八·一三"全面抗战的局面打开后,我很快失了业,决定经海路转赴内地。临行,我去看了他。当时由于国民党军队的败溃,上海早为战火包围,租界上空飞着炸弹,大世界、先施公司一带也挨炸了。人们纷纷离去或准备撤离。巴金像个哨兵似的镇定自若,说你们走吧,到内地一定有许多事可做。我得守在这里,守着出版社,尽我的职责。

一九三九年我出国前,我们又在香港相聚了一阵子。那时,我正陷入一场感情的漩涡中。他和杨刚都曾责备过我,我还狡辩。七八年后,我曾两次在文章中表示过自己的忏悔。

---

① 详见《鱼饵·论坛·阵地》。——作者原注

一九八〇年在病榻上写《终身大事》,也是希望年轻的朋友不要在这样问题上走入歧途。

太平洋事变前,我们还有书信往来。我也从杨刚按期寄给我的《大公报·文艺》上,知道巴金对她的工作给予的支持。后来邮路不通了,我就像一只断了线的风筝,飘在朝不保夕的英伦三岛。我患了几年神经衰弱,有半年几乎连记忆力都丧失了。我深切地尝到游子之苦。也许正由于这样,一九七九年当我在国外遇到入了美籍的故人时,我能理解他们灵魂深处的痛楚,因为我也几乎成了他们当中的一个。

一九四六年回到上海后,巴金住在市内偏西区的霞飞坊,我住在北郊的复旦。他和陈蕴珍(即萧珊)曾抱了他的国烦(就是今天的小林)来过江湾,我有时也去看他,但那两年我们见面不多。那也是我平生最迷茫的一段日子。同祖国脱节了七年之久,又是在那样重要的七年,真是十分可怕的事。我对一切变为陌生了,而自己又不虚心向人讨教,就提笔乱写。我在给《观察》写的《拟J·玛萨里克遗书》里,曾描述过自己当时的心境。有一天我将重新回忆那段混沌的日子。

家庭发生悲剧后,我就更像匹尾巴绑了火把的野兽,横冲直撞起来。幸而那时杨刚从美国赶了回来。我终于还是冷静下来,摆脱了羁绊,投奔了香港进步文化界。在我痛苦时,巴金给过我慰藉;在我迷茫时,他曾鼓励我重新找到航道。

这些年来,我时常闭上眼睛像逛画廊似的回忆一生所接触过的熟人,真是感触万千。巴金使我懂得了什么是友谊。它不应是个实用主义的东西,而应是人与人之间最大的善意,即是说,它时时刻刻鼓励着你向上,总怕你跌跟头;当你跌了跟头时,它不是称快,更不会乘机踹上一脚,而是感到痛,深深地痛。这种痛里,闪着金子般的光辉,把人间(即便是没有窗子的斗室)也照得通亮。

四

解放后,不少朋友由于地位悬殊了,就由生疏而陌生了。这是很自然的,甚至也许是应该的。我自己一向也还知趣。唯独同巴金,我们的往来没间断过。五十年代他每次来京——往往是为了开会或出国,总想方设法把他的老朋友们都找到一起,去马神庙或西单背后什么四川人开的小馆子,像三十年代在大东茶室那样畅聚一下。巴金一向是眼睛朝下望的,好像他越是受到党的重视,就越感到有责任协助党团结其他知识分子。他出国时外汇零用是很紧的,还为我带回《好兵帅克》的各种版本(可惜全都毁于一九六六年八月的那场大火)。他慷慨地从他的藏书中为我译的书提供插图,有的还是沙俄时代的珍本。书的部头既大且笨,千里迢迢从上海带来。他总依然像三十年代那么亲切,热情。记得我们两人在北海举行过一次划船比赛。我们各租了一条小船,从漪澜堂出发,看谁先划到五龙亭。我满以为自己年轻几岁,可以把他这个四川佬远远落在后面。但他一点也不示弱。结果我们划了个平手,两人浑身汗湿的程度也不相上下。

使我永难忘怀的是一九五七年七月中旬的一天。当时,《人民日报》前不久已经在第一版上点了我的名,旧时的朋友有的见了面赶忙偏过头去,如果会场上碰巧坐在一起,就立刻像躲麻风或鼠疫患者那样远远避开。这原是极自然、也许还是极应该的。如果掉个位置,我自己很可能也会那样。

七月的那天早晨，我突然接到一份通知，要我下午去中南海紫光阁参加一个会。我感到惶恐，没有勇气去赴会，就向作协刘白羽书记请假。他说，这是周总理召集文艺界的会，你怎么能不去？那天我是垂了头，哆哆嗦嗦进的紫光阁，思想上准备坐在一个防疫圈当中。

　　谁知还没跨进大厅，巴金老远就跑过来了，他坚持要同我坐在一起。我举目一望，大厅里是两种人：一种是正在主持斗争的左派，个个挺胸直背，兴致勃勃；另一种是同我一样正在文联大楼受批判的，像雪峰和丁玲。后一种很自然地都垂了头坐在后排。因此，我的前后左右大都是出了问题的。巴金却坐在我旁边。我内心可紧张了，几次悄悄对他说："你不应该坐在这里，这不是你坐的地方。"巴金好像根本没听见我说的话，更没理会周围的情景。他只是一个劲儿地小声对我说："你不要这么抬不起头来。有错误就检查，就改嘛。要虚心，要冷静。你是穷苦出身的，不要失去信心……"

　　正说着，大厅里一阵掌声，周总理进来了。他目光炯炯地环视着座位上的大家。过了一会儿，他忽然大声问："巴金呢？"这时，大家的视线都朝这边射来。我赶紧推他："总理叫你呢，快坐到前排去吧。"这样，他才缓缓地站起来，一面向总理点首致意，一面弯下身来再一次小声对我说："要虚心，要冷静……"然后，他就坐到前面去了。

　　那一别，就是二十载。接着，我就变成了黑人。不料九年后，他自己也坠入了深渊。

　　总理逝世时，我也曾记起紫光阁的那个下午，记得总理现身说法。在那次使我永难忘怀的讲话中，曾先后两次问到吴祖光和我来了没有，并且继续称我们为"同志"，然后热情地嘱咐我们要"认真检查,积极参加战斗"。他并没把我们列为敌人。后来洁若听录音时,这些地方自然早已洗掉了。

在柏各庄农场劳动时,每当我感到沮丧绝望时,就不禁回忆一九五七年夏天那个下午的情景。顿时,一股暖流就涓涓淌入心窝。

一九六一年我调到出版社工作时,巴金还来信要我好好接受教训,恢复工作后,也绝不可以放松改造。一九六四年摘"帽"后,他又来信重复这一叮嘱。那时我已从创作调到翻译岗位上了。他在信中还说等着看我的译品问世呢。我懂得,在任何境遇中,他都要我保持信心——首先是对自己的信心。

在收到他这些信时,我很担心万一检查出来对他将会多么不利。吸取了历史的教训,他这些冒了风险写出来的信,都被我在一九六六年以前就含着泪水销毁了。我感到他虽不是党员,却能用行动体现党的精神和政策。难怪张春桥一伙要把他当作"死敌"来整。

一九六八年夏天,上海作协两次派人来出版社向冯雪峰和我外调巴金。那位"响当当"看完我的交代,态度可凶了,斜叼着烟卷,拍着桌子,瞪圆了眼睛,说我美化了"死敌"。第二次另外一个家伙一脸阴险的表情,威胁我要"后果自负"。夏天当我翻译易卜生的《培尔·金特》时,译到妖宫那一幕,我不禁联想到"四人帮"那段统治。他们也是要用刀在人们的眼睛上划一下,这样好把一切是非都颠倒过来。

在咸宁干校,每当露天放映影片《英雄儿女》时,我心里就暗自抗议:这是什么世道啊!这么热情地歌颂无产阶级英雄、写出这么撼人心魄的作品的人,凭什么会遭到那么残酷的(包括电视批斗)折磨呢!

这几年,讲起来我们的日子都好了,又都已年过古稀,本应该多通通信,多见见面。他常来北京,但我们仿佛只见过三四次面。第一次去看他时,洁若和我还把三个子女都带上,好让他知道,尽管经过那么猛烈、那么旷日持久的一场风暴,我们一家老少都还安然无恙。这一天,当他从宾馆走出来迎接我们时,我看到他老态龙钟,步履蹒跚,再也不是当年在北海比赛划船的巴金了。那次我注意到他讲话气力很差。近两年每次他来京,我们总是只通个电话。我愿意他多活些年,不忍再增添他的负担。至于托我写信介绍去看他的,我都一概婉言谢绝。今秋他去巴黎前,曾在上海对王辛笛说,要来医院看望我。听到这话,我立即给他往京沪两地都去了信,坚决阻拦。我不愿他为我多跑一步路。至于通信,他向来事必躬亲,不肯让身边人代笔。以前他写信走笔如飞,如今字体越来越小,而且可以看出手在哆嗦。所以我无事不写信,有事也尽量写给他弟弟李济生,这样他就不会感到非亲自动笔不可了。就这样,从一九七七年到现在,他还给我和洁若写了不下四十封。

这些信,好几封是关心我的住房落实问题的,有几封是看了我发表的文章提出批评的。还有两封是责备我在《开卷》上写的一篇文章,认为过去的事不应再去计较。我虽然由于确实有个客观上的原因才写了那篇东西,从而感到委屈,但我并没像过去那样同他死死纠缠。我还是把那篇东西从正在编着的一个集子里抽掉了,并自认没有他那样不与人争一日之短长的胸襟和气度。

一九七九年初,我的错划右派问题得到改正后,朋友中间他是最早来信向我祝贺的。他的第一封信说:"你和黄源的错划问题得到改正,是我很高兴的事。正义终于伸张了。"在另一封信里,他又说:"你、黄源和黄裳几位的错案得到纠正,是我高兴的事情。连我也想不到会有今天。这才是伸张正义。"

然而他不仅仅祝贺,更重要还是督促,要我"对有限的珍贵的时光,要好好地、合理地使用。不要再浪费。做你最擅长的事情,做你最想做的事情"。他告诫我:"来日无多,要善于利用,不要为小事浪费时光。我们已浪费得太多,太多了。"关于《大公报·文艺》那篇东西,由于涉及他,我是在发表之前先请他通读的,他还纠正了我在《大公报》文艺奖金名单上闹的错误。其余的几篇他都是在报刊上看了后才写信给我的。他大概看出我久不拿笔,乍写起来有些拘谨。我也确实总感到有位梁效先生叉着腰瞪着眼就站在我背后。读了我最早给《新文学史料》写的那两篇回忆录,他立即写信告诉我"写得不精彩","你的文章应当写得更好一点",要我"拿出才华和文采来"。然而像往常一样,他在信中总是以鼓励为主,要我"写吧,把你自己心灵中美的东西贡献出来"。

巴金在恢复了艺术生命之后,就公开宣布了他对余生做出的安排,提出了他的写作计划。他是毅力极强、善于集中精力工作的人,我相信他能完成。他不但自己做计划,他在信中也不断帮我计划,说:

> 我们大家都老了。**虽然前面的日子不太多,但还是应当向前看。我希望你:**(一)保重身体。(二)译两部世界名著。(三)写一部作品、小说或回忆录。我们都得走到火化场,不要紧。

一九七九年夏,在我赴美之前,他又来信说:

你出去一趟很好。要记住，不要多表现自己，谦虚点有好处。对你，我的要求是：八十岁以前得写出三四本书，小说或散文都行。应该发挥你的特长。你已经浪费了二三十年的时间了。我也一样，我只好抓紧最后的五年。这是真正为人民服务，为后世留下一点东西。名利、地位等等，应当看穿了吧。

每逢我一疏懒，我就想到这位老友对我的督促和殷切的期望。友情，像巴金这样真挚的友情，有如宇航的火箭，几十年来它推动着我，也推动着一切接近他的人们，在历史的长河中前进。

五

看到巴金的文集长达十四卷，有人称他为"多产"。可是倘若他没从一九三五年的夏天就办起文化生活出版社（以及五十年代初期的平明出版社），倘若他没把一生精力最充沛的二十年献给进步的文学出版事业，他的文集也许应该是四十卷。

尽管我最初的三本书（包括《篱下集》）是商务印书馆出的，在文艺上，我自认是文化生活出版社（以下简称"文生"）拉扯起来的。在我刚刚迈步学走的时候，它对我不仅是一个出版社，而是个精神上的"家"，是创作道路上的引路人。谈巴金而不谈他惨淡经营的文学出版事业，那是极不完整的。如果编巴金的《言行录》，那么那十四卷以及他以后写的作品，是他的"言"，他主持的文学出版工作则是他主要的"行"。因为巴金是这样一位作家：他不仅自己写，自己译，也要促使别人写和译。而且为了给旁人创造写译的机会和便利,他可以少写,甚至不写。他不是拿着个装了五号电池小手电只顾为自己照路的人,他是双手高举着一盏大马灯,为周围所有的人们照路的人。

一九五七年七月,我在《文汇报》上发表过一篇谈出版工作的文章,有些话说得偏颇,惹了祸。在那篇文章里,我曾就经营管理方面称许过旧日的商务印书馆两句,因而犯了"今不如昔"的大忌。然而"商务"同我的关系,仅仅是商务而已。书稿和酬金(我生平第一次拿到那么多钱!)都是郑振铎经手的。我不认识"商务"一个人,它也丝毫不管我正在写什么,应写什么,以及我该朝着什么方向发展。对我来说,它只是个大店铺而已,公平交易,童叟无欺。我卖稿,它买稿。一手交货,一手交钱。

一九三六年刚到上海,巴金读了我的《矮檐》之后,就启发我走出童年回忆那个狭窄的主题,写点更有时代感的东西。我不是东北人,对抗日题材没有切身体验;对农村以及上海那样的大城市生活,我也是个阿木林。记得当我给开明书店《十年》写了《鹏程》之后,巴金曾鼓励我抓住揭露帝国主义文化侵略这个我既熟悉又多少有点战斗性的题材,写个长篇。

从那以后,无论在上海还是在内地,在国内还是国外,我写了什么都先交给巴金。有的东西,如我还在国外时出版的《见闻》和《南德的暮秋》,还是他从报纸上剪下来编成的。如果不是巴金不辞辛苦,我在国外写的东西早已大都散失了。

为什么我的《落日》是"良友"出的,《珍珠米》和《英国版画选》是"晨光"出的呢?我提起这个,是为了说明巴金不是在开书店,而是在办出版事业。那时书商之间的竞争可凶了,然而巴金却反其生意经而行之。当巴金看到赵家璧从"良友"被排挤出来，为了生存只好另起炉灶时，他马上伸出慷慨仗义之手。作为支援，把自己掌握的书稿转让给还没站住脚的"晨光"。这种做法即使对今天有些本位主义思想的出版家，也是不可思议的。

在他为总共出了十集、一百六十种作品的《文学丛刊》所写的广告里，巴金声明他主编的这套书，"作者既非金字招牌的名字，编者也不是文坛上的闻人"。这话实际上是对当时上海滩上书商恶劣作风的一种讽刺和挑战。事实上，丛书从第一集起就得到了鲁迅（《故事新编》）和茅盾（《路》）两位的通力支持。丛刊的第一特点是以新人为主，以老带新。每一集都是把鲁迅、茅盾诸前辈同像我那样刚刚学步的青年的作品编在一起。不少人的处女作都是在这套丛刊里问世的。我自己就曾经手转给过巴金几种。另一个特点是每集品种的多样性：长短篇、诗歌、散文、戏剧、评论以至书简、报告。这两个特点都是从一个非商业性观点出发的，就是只求繁荣创作，不考虑赔赚。这是与当时的书商做法背道而驰的。也正是在这样思想的指导下，"文生"出过朱洗的科普读物多种，翻译方面出过弱小民族的作品集。此外，"文生"还出了丁西林、李健吾、曹禺、袁俊等人的专集。

像"五四"以来许多先辈一样，巴金本人也是既创作又从事外国文学介绍的；在他主持下的"文生"，也是二者并重的。它翻译出版了果戈理、冈察洛夫、托尔斯泰、屠格涅夫和契诃夫等俄罗斯以及其他国家的名著。以"文生"那样小规模的出版社，这么有系统有重点地介绍外国文学，是很不容易的。

同当年的商务、中华以及今天的国家出版社相比，"文生"

的规模可以说是小得可怜。如今的总编辑下面大多有分门把守的副总编,副总编也不一定看一切书稿,更未必会下印刷厂。巴金作"文生"总编辑时,从组稿、审稿到校对都要干。像《人生采访》那样五六百页或更大部头的书,都是他逐字校过的。翻译书,他还得对照原文仔细校订,像许天虹译的《大卫·高柏菲尔》和孟十还译的果戈理、普希金作品的译稿,他都改得密密麻麻。有时他还设计封面,下印刷厂是经常的事。更要提一笔的是,这位包揽全过程的总编辑是不拿分文薪水的。巴金一生都是靠笔耕为生的。

仅仅是辛苦倒也罢了,二十年来大部分时光他都是在帝国主义鼻子底下或国民党检察官以至警察宪兵的刀把子下面从事这项工作的。"文生"的编辑、作家陆蠡不就是为出版社的事被日本宪兵队杀害的吗!巴金自己的《萌芽》也曾被党部一禁再禁,最后还是印上了"旧金山出版"后,才委托生活书店偷偷代售的。

这不是一篇巴金论。这里我非但完全没涉及他的作品,对他的为人也只写了一鳞半爪,有些事我只能略而不谈。

我本来为这篇东西另外写了一段结束语,临了又把它拿掉了。因为考虑到巴金在世一天,他是不会允许朋友们写颂扬他的话的,不管那是多么符合事实。他一向是那么平凡朴素。他的人格和作品的光芒也正是从平凡朴素中放出的。

写到这里,我刚好收到巴金寄来的《创作回忆录》,重读了他于一九八〇年四月在日本东京发表的讲话:《文学生活五十年》。作为讲话的结束语,他引用了他在四次文代会讲的一段话:

我仍然感觉到做一个中国作家是很光荣的事情。我快要走到生命的尽头，写作的时间是极其有限了，但是我心灵中仍然燃烧着希望之火，对我们社会主义祖国和我们无比善良的人民，我仍然怀着十分热烈的爱。我要同大家一起，尽自己的职责，永远前进。作为作家，就应当对人民、对历史负责。我现在更明白：一个正直的、有良心的作家，绝不是一个鼠目寸光、胆小怕事的人。

从巴金身上可学习的东西是很多的，我觉得首先应学习他对祖国和人民的那份炽热的爱，他对历史、对人民的负责精神。一个为了表现自我，或者为了谋求什么私己利益而写作的人，是达不到这样的境界，也不会有这种精神的。

1981 年 12 月

何子祥这个人

◎台静农

　　台湾光复了三十年,何子祥兄来台湾推行国语也三十年了。三十年这个数字,在历史上算不了什么,在人的一生上却是一大数字。子祥从中年到老年都奉献给国语运动了,这种苦行僧的精神,是可佩服的,值得感谢,也令人欢喜赞叹。

　　回忆三十年前,我同魏建功兄在四川白沙国立女子师范学院教书,原子弹放后,日本投降,我们一起到了重庆。建功与子祥见面后,听说台湾光复了,官方正在训练去台湾接收的人员,但不知对于台湾的语言问题怎样的筹划。建功同政府内定负台湾教育责任的人接上头,原来他们根本没有想到有这个问题,而建功子祥也就受命负起主持台湾国语推行的责任了。

　　于是,建功子祥约了教育部国语推行会的萧君商议去台湾进行工作,他们认为最好由萧君先带领一部分工作人来台。可是萧君语言吞吐,似有困难,建功不耐,不禁怫然变色。子祥忽然说出:"我去吧!"子祥这句话真有雨过天晴之感,使我随缘旁听的人,为之一快。子祥就是这样一个人。

　　当时子祥在重庆,并不是可以轻易离开的,他很忙,却又看不出他忙出什么名堂。在一群文士当中,能得大家信任,周旋揖让,德比甘草,总要推何子祥的。但为了有更重要的工作,只得离夔门,出三峡,飘海来到台湾。

从此,他被命定似的以在台湾推行国语成为他中年以后的工作了。这一来,三十年了。三十年中,有多少艰难,多少辛酸,不去管他,毕竟他和他的道友们有了昭昭在人耳目的成绩。国语推行会用不着了,撤销了,便是国语推行凯歌奏功的证明。然而令志士腐心的,电视上出现了地方音的新式国语,还得要有地方音的报导。这又是子祥功成而身不能退的原因,《国语日报》遂成为他和他的道友做不完的工作。虽然已届古稀之年,但这算不了什么,我们的朋友庄慕陵说:"古稀今不稀。"诚然如此,子祥还有三十年的工作好做。

子祥早年倾心革命,投笔北伐,挂了彩,至今身上弹痕犹在,这些英勇事迹,大可写自传,表表功的,而子祥的聪明竟不及此。子祥处世对人,长于容忍,可不是"乡愿",是非黑白,他是不苟同的。如有人欺他和易,只要不碍大事,个人吃亏,他也就憨然接受若没啥事似的。这是子祥的聪明可爱处,能不庸俗。

老朋友们酒后嘲戏,有说子祥的道貌像老太婆,我说像苦媳妇,仔细一想,都对。刻画在老太婆脸上的,是成家立业的辛劳,刻在苦媳妇脸上的,是忍受委屈而担起一家生活的辛酸。可喜的,总算"多年媳妇熬成婆"了。试看"国语日报社"的家业,已经不止于小康了。回想当年创办时,我同夏卓如听说他们为即将出世的《国语日报》宴台北士绅,我们私下为之担心,这无基金无靠山的报纸,能出几天很难说呢。如今挣来这大家私,老板"国语日报社"固然得意,老伙计何子祥不能说没有"苦劳"。说到这儿,洪炎秋兄要算是"有志一同"的,炎秋是子祥并肩工作的伙伴,又是三台名士身份对于国语推行的大护法。子祥宽厚,炎秋爽朗,真是一对好搭配。任何一事业的成功,得要多人的力量,由于他两个人好,能结合了许多同心友,才有今天的成就。

早年的子祥,以写散文知名,近三十年来所写的文章都是关于语文的问题,也可以说是语文的启蒙工作,看来容易,写出却不简单,必具学识与技巧才能深入浅出的。令人稍感惋惜的,自从子祥投身国语运动后,文学圈中少了一位散文作家,他早年的作品,深婉老练,诙诡而辛酸,从不搔首弄姿,媚人或自炫。

我是三十五年秋应台湾大学聘来台湾的。那两年台湾颇安静,我和卓如常在傍晚时从温州街十八巷走到泉州街二巷子祥家讨酒吃,当时马路好走,不特没有机车,也极少有大小汽车。醉了走回家,出泉州街,经福州街,达罗斯福路,转和平东路,可以踉跄而行,不像如今,即使是校园,也非散步的福地。近些年来,彼此很少碰面,偶尔朋友酒会,他总以挑战的姿态猛喝,结果不是昏昏睡去,便是大吐,被送回家。我则一面欣赏他豪饮,一面暗笑:为发一发闷气,多灌些老酒也好。

1975 年

记赵清阁

◎刘以鬯

认识赵清阁,是在抗战时期的重庆。

赵清阁是个具有男子气概的女人,气质忧郁,性格倔强。她的倔强性格在开封求学时已有显明的表现。那时候,她刚读完高中,想进美专,没有钱,宁愿找工作做,不肯向后母索取学费。那时候,她的年纪刚过十七。

在十七岁之前,因为幼失母爱,变成一个孤僻的孩子,处境虽劣,却能在暴风中坚定如劲草。在她的小说集《凤》中,她说"喜欢孤僻";又说"喜欢寂静"。"孤僻"的人容易自卑,她却是一个例外。她在"寂静"中学会怎样思索,活得既倨傲又倔强。唯其倨傲,唯其倔强,成年后,才能写出这么多的作品,写出这么多的并不低于一般水平的作品。这种成绩(如果不想称之为成就),单凭倔强与倨傲是做不到的。它需要更大的力量——自信。从童年到青年,从青年到中年,在孤寂中,赵清阁孕育了坚强的自信,使其成为生命的原动力。奥尼尔在哈佛读"英文四十七"时开始"找到信任自己作品的勇气";赵清阁则与敌人、病魔作战时产生冲锋陷阵的勇气。一个身体孱弱的人,在缺乏医药与物质的环境中,极有可能成为悲观主义者。赵清阁的情形有悖于常理。当她从事文艺工作时,她有钢铁般的意志与钢铁般的毅力,奋战,奋战,不断奋战,因此变成一个执拗的乐观主义者。具有这种意志与毅力的作家并不多,萧红太软弱,即使叶紫也不能与赵清阁相比。叶紫在与病魔搏斗时,没有让"太阳从西边出来"就倒下了。

赵清阁虽然患有肺病(这是她亲口告诉我的),不但没有倒下,反而写了许多作品出来。她曾经说过这样几句话:

"如果,我的病不再折磨我,我的生命还能延续下去的话,我倒愿意矢志终生献身文艺,永远学习;永远努力……"

病魔一直在威胁着她,甚至有可能夺去她的生命,她却不断与病魔抗争。我第一次见到她时就留下一个深刻的印象:她的脸色苍白似纸。这种苍白的脸色,会令关心她的人,为她的健康而担忧。不过她很坚强。尽管健康情况不好,却活得十分有劲,既无"弱不胜衣"的病态;也没有 I want live fast 的消极思想,用生之意志与病魔搏斗,视文艺为生命的最终目的,一若徐志摩将曼殊斐尔喻作鹍鸟时所说:"唱至血枯音嘶,也还不忘她的责任是牺牲自己有限的精力……。"

当她还是一个少女的时候,赵清阁开始写作。在一篇散文的《后记》中,她说:

"从事文艺创作已有十年光景……"

这篇《后记》,作于一九四三年夏天。根据这一点来推断,赵清阁的写作生涯是在一九三三年左右就开始的。从一九三三年到抗日战争爆发为止,她已写过不少短篇小说。这些短篇小说,大都收在两个集子里:《旱》与《华北之秋》。在抗战的八年间,她一直生活在大后方。战争激起她的写作热诚,使她活得更坚强;使她找到了生命的积极意义,纵使病贫交迫,仍能写出二十几个多幕剧与三本独幕剧集。

全面抗战于一九三七年七月七日爆发;九个月后,她在汉口编辑《弹花》。(《弹花》是半月刊,由"华中图书公司"印行。)一九三八年十月,她的戏剧集《血债》由"重庆独立出版社"出版。四个月后,"上海杂志公司"渝店出版她的《抗战戏剧概论》。之后,陆续发表了数目相当多的独幕剧与二十几个多幕剧,包括《反攻胜利》、《忠心爱国》、《汪精卫卖国求荣》与《桃李春风》在内。

《桃李春风》是与老舍合写的。

作为一个剧作家,赵清阁是偏见的受害者。无论怎样努力,她的作品总不像曹禺、洪深、田汉、袁俊甚至宋之的那样受人重视。她与老舍合作的《桃李春风》,虽然得过奖,人们却将功劳记在老舍头上。

老舍是一位优秀的小说家,写《国家至上》时,与宋之的合作;写《桃李春风》时,与赵清阁合作。

在抗战时期的重庆,赵清阁的名字常与老舍联在一起;不过我见到她时,她总是与封凤子在一起的。

凤子是女作家,赵清阁也是。凤子编过《女子月刊》;赵清阁也编过。凤子对戏剧有浓厚的兴趣;赵清阁对戏剧也有浓厚的兴趣。凤子演过话剧;赵清阁曾在"中制"供职。她们志趣相似,有一个共同的天地,感情好,未必屡杂别的因素。志趣虽相似,性格却不同。封凤子温柔似水;赵清阁刚强豪爽。

也许是这种略带阳刚的性格,使"见着女人也老觉得拘束"(见《老牛破车》)的老舍有勇气跟她合写《桃李春风》。老舍一向"怕女人",与女作家合写剧本,需要极大的勇气。

我在重庆见到凤子与赵清阁时,总觉得这两位感情极好的女作家不但性格不同,外貌也有相当大的差别。凤子像盛开的花朵;赵清阁缺乏女性应有的魅力。

赵清阁外表沉滞,才智颇高。她的智慧,像烟花一般,常在作品中闪烁。

尽管与老舍合写过剧本,赵清阁却是个不大有幽默感的女人。在我的记忆中,几乎完全找不出她的笑容是怎样的。她的态度很严肃,不苟言笑。赵景深说"她的性格带有北方的豪爽",很对;说她"兼又揉和了南方的温馨",我没有这种感觉。我总觉得她的性格像男人。在写给我的信中,她自称"弟"。

不见这位多产的女作家,已有三十年。每一次想起她,就会想起北方冬日玻璃窗上的霜花,虽然惨白,只要有阳光照射,就会熠耀发光。认识她的人,都说她"冷"。其实,这种说法不一定对。缺乏热情的作家,绝对写不出扣人心弦的作品。赵清阁与别人不同的地方是:她愿意将热情灌注在作品里,不愿意将它当作面具戴在脸上。早岁丧母,使她勇于接受寂寞的煎熬,并在孤寂中将书本当作知己。书本虽不能代替母爱,却帮助她找到了逃避之所。她不喜欢继母;她的继母也不喜欢她。父亲老是站在继母那一边,她只能在"孤孤独独,凄凄凉凉"中求学;在"孤孤独独,凄凄凉凉"中求生。

她的国家观念特别强烈,有良知,愿意负起匹夫的责任。在抗战八年中,她曾经尽了最大的努力去写剧本,藉此唤醒群众的民族意识。她写下那么多的剧本,因为她相信戏剧所收的宣传效果远较其他的表现方式为大。不过,这不是说她的写作兴趣只限于作剧;相反,胜利后的事实证明她的写作兴趣相当广泛。胜利后,她很早就从重庆到上海去了。到了上海,一方面在《神州日报》编副刊;一方面继续从事写作。她为《申报》写《双宿双飞》;又为我编的副刊写《骚人日记》,前者是长篇小说;后者是散文。

《骚人日记》是赵清阁在离渝前答应为我撰写的作品——一种用日记体写的散文,有连贯性,每段皆可独立。起先,我依照她的意思,以《骚人日记》为总题发刊,每篇加副题;后来,为了加强版面的机敏性,改以副题为主。赵清阁曾就此事从上海写信给我,信上这样写:

> 以鬯先生:朋友来函称"骚人日记"已登至十一,闻之十标题改为小独立,以"骚人日记之……"副注,此意甚佳,但须注明日期,此附上"之十三",以后即照此标题较新颖有变化。
>
> 之九、之十、之十一、之十二,均祈各剪一份,俾留集成册,将来出单行本时用。
>
> 兄有空盼写短文,弟之神州日报副刊亦需稿也。祝
> 编安
>
> 弟　清阁　廿六
>
> 上月及本月稿费祈一并汇下,或示知数目,弟着人去取。

《骚人日记》不能算是赵清阁的好作品;不过,在重庆发表,可以使常读她剧本的人换一下口味。她在信中说是打算出单行本,我回到上海后,从未在书店看到这本书。直到现在,仍不知《骚人日记》是否已出版。

从一九四五年到一九四九年,赵清阁大部分时间都住在上海。这期间,她是相当活跃的:编副刊、编杂志、写长篇、写散文、参加文艺界的集会、从事戏剧运动。她的《此恨绵绵》曾在上海"辣斐大戏院"公演,成绩不错,却没有引起广泛的注

意。那时候，重庆"剧作家联谊会"曾发公函，声明该会会员作品保留著作权。这个"剧作家联谊会"只有二十七名会员。赵清阁是会员中剧作最多的一个。

一九四九年后，这位素以多产著称的女作家似乎很少有作品发表了。我在此间书店曾购得一本《杜丽娘》，是她根据《牡丹亭》改写的，书很薄，只有一百零六页，由上海文化出版社印行，出版时期是一九五七年一月。在该书的《前言》中，她这样说：

> 在改写过程中，曾经不断地和文艺界同志们，专家们，研究、讨论、并一再修改。……

她，赵清阁，对写作的态度就是这样的严肃。将她的作品当作潮湿爆竹，是可怕的浪费。

1975 年 6 月 28 日写

谈王元化

◎钱谷融

　　记得在陈丹燕的一篇文章中曾看到有"钱谷融说王元化的眼睛很像梵高"之类的话。其实这是丹燕的误记。我在谈话中从来没有提到过梵高的名字。但我确曾说过王元化的眼睛有点像尼采。我甚至觉得除了尼采，还有茨威格，还有马雅可夫斯基，他们的眼睛，不知怎的都使我感到与王元化的似乎有某种相类似的地方。眼睛有关于神明，要认识、了解一个人，最好是看他的眼睛。但无论是尼采，还是茨威格、马雅可夫斯基，我都从来没有见到过。我所见过的，只是他们的照片而已。照片上的眼睛是已经定形化了的，凝固不动的了。但高明的摄影师，常常能捕捉住对象的眼神在或一瞬间所放射出来的特有的光芒。正是这些人眼中所特有的光芒，我在王元化的眼中也常常看到。这是一种什么样的光芒呢？这种光芒，是只有当一个人在思想高度集中时，当他全身心地为某个对象所紧紧吸引住了的时候，就是说，只有当他陷于十分专注的出神状态的时候才会有的。这样的状态，在任何一个人的一生中，是都会有可能出现的。但对一般人来说，这种状态是难得出现的，是可遇而不可求的。而在王元化，以及上面所提到的尼采、茨威格、马雅可夫斯基等人来说，却是经常出现的，这是他们的常态。他们就是经常生活在这种专注、出神的状态之中的。

　　这样的人,一定是遇事十分认真、充满了探索精神的人,是随时能够把自己的注意力集中到客观事物(自己探索的对象)身上去的人。但同时,他却又绝不丧失自己的独立精神。甚至会当仁不让地以对象的主宰自居,认为自己的心灵足以权衡裁制一切。所以这样的人往往高视阔步,目无余子,难免有一些独断的倾向。譬如王元化,你看他无论谈什么问题,都要穷根寻柢,究明它的来龙去脉,然后一空依傍,独出心裁,作出自己的判断。尽管他的态度十分谦虚,绝不说自己的主张就是绝对正确的。而且也真诚地欢迎别人提出不同的意见来与他商榷。但在骨子里,他是十分自信的,他的主张不是轻易动摇得了的。本来嘛,任何一个严肃的学者,都不会不经研究就轻率地对学术问题随便发表意见,当然也就不会不经验证就轻率地随便放弃这个意见了。在学术讨论中,应该唯真理是尚。在真理面前,能够不固执己见,从善如流的风格,固然值得赞赏,值得发扬;而那种百折不挠,始终坚持正确意见的精神,同样是十分难得、十分可贵的。学术的前进与发展,离开了这种认真坚持的精神,也是不可能真正取得的。

　　说到王元化的坚持精神,确是相当突出的,他常常被人们认为固执。他认定了一条路,就要走到底;确立了一种主张,就会抓住不放。除非能使他相信此路确实不通;或者有足够的证据证明这个主张确实站不住,他是不会轻易改道,轻易放弃的。在他那里,治学与做人是一致的。对真理的执着,也就是对人的精神力量、对自我人格的尊重。帕斯卡尔说过:"人的全部的尊严就在于思想。"王元化坚持自己的思想信念,也就是坚持自己的独立人格，坚持自己作为一个人的尊严。一九五五年他因胡风问题的牵连而被隔离审查，周扬曾经提出建议，只要王元化承认胡风集团的问题是属于反革命性质，就尽量将他作为人民内部矛盾来处理。王元化不会不知道胡风是反革命的结论是上面钦定的，他应该清楚他所面临的问题的严重性。但他却宁可自己被戴上反革命分子的帽子，也绝不肯违背自己的良知去承认胡风是反革命。这种铁骨铮铮的品格，可与一九五九年马寅初的拒绝检讨相媲美。马寅初是因为在人口问题上的言论与最高领导的意见相左而受到批判，批判的来势非常凶猛，一些好心朋友就劝马寅初检讨一下，认一个错了事。马老为此在《新建设》上发表《我的哲学思想和经济理论》一文以明志。他不但坚持自己的主张，还特地写了一段"附带声明"，说："学术问题贵乎争辩，不宜一遇袭击，就抱'明哲保身，退避三舍'的念头……我对我的理论有相当的把握，不能不坚持，学术的尊严不能不维护，只得拒绝检讨。"这些活真是掷地有声，不但一切从事学术工作的人应当牢牢记取，就是那些身居要职、手操生杀大权的人，又何尝不该认真倾听呢？当时马寅初已是八十老翁，而王元化则刚过而立之年，但两人所遭遇的问题的严重性则是相同的。中国知识分子历来都有杀身成仁、舍生取义的优良传统，虽屡遭历代统治者的摧折，但此种风骨至今绵延不绝。中华民族之所以能长存不衰，光耀千秋，盖亦有赖于此。但愿凡我同胞，无问上下，都能明白这个道理就好。

王元化不但敢于坚持真理，同时也不惮于承认错误和改正错误。他决不是那种自诩一贯正确、到处津津乐道地宣扬自己的光辉业绩，避而不谈甚至有意隐瞒自己有过的缺失和犯过的错误的人。他曾坦言："我曾经陷入过机械论,发表过片面过激的意见。"承认在文艺观点和政治观点方面不但出现过"幼稚的理想主义",还存在着一种"近于自欺的愚忱"。(见《思辨短简·后记》)在《思辨发微·序》中,他郑重其事地订正了他过去相信黑格尔说的人性恶要比人性善深刻得多的意见,明确地认为这是个错误观点,并连带谈到了他过去对韩非的认识的错误。他一九七六年在《韩非论稿》中曾认为韩非主要继承的是申不害和商鞅的衣钵,而与荀子的性恶论并无多大关系。现在则认识到韩非的重术观不过是把荀子的性恶论发展到极端罢了。在同一文中,他也谈到他和林毓生之间发生过的激烈争论,以及对朱学勤所写的关于《传统与反传统》的书评的不满。尽管后来他和这二人在意见上仍有分歧,却并没有影响他们之间的私人关系,反而因此而同他们成了朋友,从这里可以看到王元化的真正的学人品格。熊十力在论及庄子与惠施之间的关系时,曾赞叹道:"二人学术不同,卒成知友,博学知服,后人无此懿德也。"在王元化身上,似乎也并不缺少这种类似的美德。

　　《思辨发微·序》文虽不长,却很值得重视。尤其在提到韩非与荀子的关系时所说的一些话更应受到注意。王元化认为荀子虽然是性恶论者,但他认为人性虽恶仍可以通过外在力量加以改造。而韩非却把荀子的性恶论推向了极端,作为极端的性恶论者,他根本就不承认人性中还有什么善的因素。既然人性中并不存在"善的基因",那么"不管强制性的外在力量多大,化恶为善是不可能的"。因而就导致韩非得出了这样的结论:"只有利用人的利赏恶罚的自为心,才可令其听命就范。"这也就是韩非为统治者所设计的一套治民妙法。王元化不无愤懑地指出,在性恶论者看来,人是丑恶的、自私的、卑贱的,因而他们绝不会相信人,更不会尊重人。他说:"过去我只对韩非的法、术、势深为反感,一旦我弄清楚了性恶论的实质,我不禁对这种惨刻理论感到毛骨悚然。它给天下苍生带来多少苦难!"王元化这些话,真是慨乎言之,其中该是凝结着千百年来中国人民的多少血泪呵!王元化深信并庄严地宣告:"人的尊严是不可侮的。"接下去,他说了这样一段话:"青年时代,我在一本通俗小册子里读到伽里略的事迹,我一直记得伽里略创地动说受到教廷审判,被宣告错误的情景,当这一切完毕以后,他怀着屈辱站起来说:'可是地球还是动着的!'至今我一想到这事,我的心仍会感到战栗。思想是古怪的东西。思想不能强迫别人接受,思想也不是暴力可以摧毁的。"读了这些以后,人们大概也就不难明白王元化在压力面前为什么能够那么坚强,他的坚毅品格究竟是如何养成的了。

作为一个学者,王元化总是在不断地思考与探索,他的著作,往往离不开一个"思"字,如《文学沉思录》、《思辨短简》、《思辨随笔》、《清园近思录》等等。如果要用一个字来概括王元化的最大特点,那就只有这个"思"字了。从理论上来说,思想是最自由、最不受拘束的。但事实上,思想又很难得到真正的自由。不但常常要受到各种各样的限制、干涉,有时甚至会被严重地禁锢起来,使得有生之灵的人们只能陷入不死不活的状态之中。在我们中国的历史上,这种现象曾不止一次地出现过。中国知识分子由于长期受到封建统治的重重压制,就丧失了自我的独立自主的精神,思想上大都循规蹈矩,陈陈相因,不敢越雷池一步,少有大胆创新的意见发表。这是学术工作的大忌,不改变这种状况,中国的学术就很难得到迅速的发展。所以王元化不止一次地发出了这样的呼吁："我认为中国知识分子应摆脱长期以来的传统依附地位,找回自我。要有自己的独立人格,并由此形成独立意识和独立见解。"他最服膺德国古典哲学的批判精神——不承认任何外界权威,反对盲从,反对迷信,提倡独立思考,强调"理论的生命在于勇敢和真诚"。而他在几十年来的学术研究工作和学术论著中,也的确始终是勇往直前、义无反顾地这样实践着,坚持着的。他是一个学者,但并不是一个整天待在书房里的恂恂如也的学者,而是一个以天下为己任的锋芒毕露的斗士型的学者。他敢于对社会上和学术界已有的成说、已有的定评提出质疑和挑战。譬如对"五四",对杜亚泉其人等等,他都提出了许多不同于过去的看法,他在学术论辩中,不作意气之争,不逞口舌之利,只在学理上做文章。无论是对对方的驳难,还是对己见的阐明,都力求有理有据,进行多方面多层次的论证。言辞虽时或不免尖锐,但绝不越出学理范围,始终注意保持学术论争的纯洁性。他又常常进行自我反省,对自己的学术见解不断作出深刻的反思。一旦发现了自己的疏漏或缺失,或是别人的意见对自己有所启发或帮助,他就公开说明,并对自己的意见作出修正。这种虚己服善的态度,实在是一种美德,一种在学术讨论中应该大加发扬的精神。

这里不妨谈一下王元化对"五四"的看法。王元化在他的文章中曾多次谈到过"五四",并曾先后在南京、上海、杭州、郑州等地的多所高等院校中作过关于"五四"的学术讲演。后来又应人之请将这些讲演的内容归纳为六点要旨,由他口述经人记录成文,以《王元化对"五四"的思考》为题,收入《清园近思录》一书中。我认为在他所归纳出的六点要旨中,特别重要的是他关于"五四"主要精神及其成就与缺失的认识。历来都把五四新文化运动看作是"文白之争"和"新旧之争",其主要精神则是在于提倡科学与民主。王元化认为无论是"文白之争"或"新旧之争",都不能完整地概括"五四"文化论争的性质。至于"民主"与"科学",当时虽然喊得很响亮,但是只停留在口号上,对这两个概念的理解却十分肤浅,甚至可以说是茫然无知,就简单地把它们作为五四思潮的主要精神,是大可怀疑的。在王元化看来,"五四"的主要成就,是在于个性解放方面,当时掀起的波澜壮阔的个性解放运动,使人们认识到在社会中每一个人都应该有自己独立的人格和地位,从而在思想上、精神上开始树立起了独立自主的观念。近年来受到学界重视的"独立的思想和自由的精神",正是五四时期所大力提倡和鼓吹的,正是五四文化思潮的一个重要特征。在这方面所取得的成就,王元化认为是"值得我们近代思想史大书特书的"。至于"五四"的缺失,王元化认为主要表现在当时流行的四种观点上。他指的四种观点即:庸俗进化观、激进主义、功利主义和意图伦理。他并一一指出了它们的偏向和危害。庸俗进化观逐渐演变为僵硬地断言凡是新的必定胜过旧的;激进主义则成了后来极左思潮的根源;功利主义使学术失去其自身独立的目的而成为为自身以外目的服务的一种手段;意图伦理则是先确立拥护什么和反对什么的立场,而不是实事求是地把真理是非问题放在首位。而且,确如王元化所说:"随着时间的进展,它们对于我国文化建设越来越带来了不良影响。"大家只要稍稍回顾一下最近五十年来国内理论界的一些情况,就不难发现这四种观点确是风行一时,具有某种权威性的。像我们这些人不也曾经慑服于这类理论的威力之下,甚至就在自己身上不也曾经出现过这类理论的影踪吗？不过我认为，这些观点虽然确乎发端和形成于"五四"时期，而后来的变本加厉并取得统治的地位（特别是其中的意图伦理观），却是四十年代以后的事，这一点王元化就没有进一步去加以分析论证了。

　　郭绍虞在一篇回忆朱自清的文章里，曾说朱自清不英锐而沉潜，不激烈而雍容。我觉得王元化却是既英锐而沉潜，既激烈而又雍容的。通过多年来同他的接触，我在他身上既看到了他的英锐而激烈的一面，也看到了他的沉潜而雍容的一面。他是非常健谈的，跟他在一起，你简直插不上嘴，他总是神采飞扬、意气风发地高谈阔论。有时偶然碰到他刚写好一篇文章，他会兴致勃勃、神情专注地当场朗读给你听。读到得意之处，他会放慢速度，提高声浪，同时脸上绽发出爽快的笑容来，就像孩子一般的率真。在一旁聆听的人，面对这样的情景，也不禁会深深地被他所吸引住，和他一同陶然分享他内心的欢快。在对谈中，如果他有不同的意见，都会直率地说出来，有时甚至会十分热烈地与你大声争辩，显示出他的英锐和激烈。但遇到需要考虑的问题，他就会变得冷静起来，沉着仔细地再三斟酌，然后作出判断。这跟他学术著作中的严谨深刻一样，又显示出了他的沉潜的一面。而他待人接物的彬彬有礼，特别是对年轻人的爱护扶持，以及他行文时笔致的从容舒徐，则充分体现出了他气度的雍容。我认识王元化较迟，已经是六十年代初的事了。在同他交往的将近四十年来，我发现他身上的英锐激烈之气虽依然未尽消退，但那沉潜雍容的一面则显然愈形突出、愈显得醇厚了。这自然是与他这些年来所得的阅历和学养有关。听李子云说，王元化早年可不像现在这样温和，那是颇多狂傲之气的。这我完全相信。即使现在，他的狂傲之气似乎还并未消磨净尽，还是有许多不够随和、不大好说话的地方。譬如对于一篇文章的遣字造句，对于一本书籍的装帧印刷，他都绝不肯含糊，要再三提出修改意见，甚至近于挑剔。所以在这些方面跟他打交道，是不很容易的。我想这是由于他是个美和艺术的爱好者，他总在向往和追求一种完美的境界，只要看到任何一点不谐和之处，都会使他感到遗憾，不加改正他就不能心安。孟子说："伯夷隘，柳下惠不恭。"古代中国士大夫处世，往往追慕一种不夷不惠、亦夷亦惠的境界。而王元化绝不模棱两可，他给人的印象是有伯夷之隘而无柳下惠之不恭。我没有跟他谈过陶渊明，相信他一定也会喜欢陶渊明的诗，欣赏陶渊明高远恬淡的襟怀的。但对陶渊明的好读书不求甚解的癖性，他就不见得会赞成。他虽不会主张不管读哪一类书都要求得甚解，但总的来说，他是喜欢明确，喜欢透彻的；不弄清楚书上出现的问题，他是不肯轻易放手的。但他又绝不是个刻板的、一脸孔严肃的人，他做学问虽严谨而并不拘泥；对学人虽少所许可而不失宽容。尤其对于年轻一代，只要有可取之处，他总是奖掖有加，提携唯恐不力。而且他是个重性情、讲趣味的人，对朋友坦率真诚，绝不假意敷衍。你看他的《记辛劳》那篇文章，该是写得多好呵！不是有至性至情，对朋友真心相许的人是决写不出来的。对于一切美丽的事物，他都特别地爱好，特别地钟情，他对各种门类的艺术作品都多所涉猎，并有很高的鉴赏力。譬如对于京剧艺术，更可以称得上是个真正的行家，跟他谈余叔岩、谈杨宝森，谈到细微处，真可以说是妙入毫颠，使你领略到一种罕有的艺术快感。

王元化今年八十岁了,仍是意气俊爽,器宇轩昂。他的父母都享高年,他一定也是个长寿的人。我不仅为他庆幸,也为中国文化能有这样一位忠诚的护持者、光大者而感到高兴。

1999 年 11 月 16 日

林斤澜！哈哈哈哈……

◎汪曾祺

林斤澜这个名字很怪。他原名庆澜，意思是庆祝河水安澜，大概生他那年他们家乡曾遭过一次水灾，后来水退了。不知从哪年，他自己改名"斤澜"。我跟他说过，"斤澜"没讲，他也说：没讲！他们家的人名字都有点怪。夫人叫"古叶"，女儿叫"布谷"。大概都是他给起的。斤澜好怪，好与众不同。他的《矮凳桥风情》里有三个女孩子，三姐妹叫笑翼、笑耳、笑杉。小城镇哪里会有这样的名字呢？我捉摸了很久，才恍然大悟：原来只是小一、小二、小三。笑翼的妈妈给儿女起名字时不会起这样的怪名字的，这都是林斤澜搞的鬼。夏尚质，周尚文，林尚怪。林斤澜被称为"怪味胡豆"，罪有应得。

斤澜曾患心脏病，三十岁就得过一次心肌梗死。后来又得过一次，但都活下来了。六十岁时他就说过他活得已经够了本，再活就是白饶。斤澜的身体不算好，但他不在乎。我这些年出外旅游，总是"逢高不上，遇山而止"，斤澜则是有山就爬。他慢条斯理的，一步一步地走，还误不了看山看水，结果总是他头一个到山顶。一览众山小，笑看众头低。他应该节制饮食，但是他不，每有小聚，他都是谈笑风生，饮啖自若。不论是黄酒、白酒、葡萄酒、啤酒，全都招呼。最近有一次，他同时喝了三种酒。人常说酒喝杂了不好，斤澜说："没事！"斤澜爱吃肉。"三天不吃肉就觉得难受。"他吃肉不讲究部位,冰糖肘子、腌笃鲜、蒜泥白肉,都行。他爱吃猪头肉,尤其爱吃"拱嘴"——猪鼻子,以为乃人间之"大美"。他是温州人,说起生吃海鲜,眉飞色舞。吃海鲜,喝黄酒,嘿!不过温州的"老酒汗"(黄酒再蒸一次)我实在喝不出好来。温州人还有一种喝法,在黄酒里加鸡蛋,煮热,这算什么酒!斤澜的吃喝是很平民化的。我和他曾在屯溪街头一小吃店的檐下,就一盘煮螺蛳,一人喝了两瓶加饭。他爱吃豆腐,老豆腐、嫩豆腐、毛豆腐、臭豆腐,都好。煎炒煮炸,都好。我陪他在乐山小饭馆吃了乡坝头上的菜豆花,好!

斤澜的生活是很平民化的。他不爱洗什么桑拿浴,愿意在澡堂的大池子里(水很烫)泡一泡,泡得大汗淋漓,浑身作嫩红色。他大概是有几身西服的,但我从未见过他穿了整齐的套服,打了领带。他爱穿夹克,里面有条纹格子衬衫。衬衫就是街上买的,棉料的多,颜色倒是不怕花哨。

斤澜的平民化生活习惯来自于他对生活的平民意识。这种平民意识当然会渗入他的作品。

斤澜的哈哈笑是很有名的。这是他的保护色。斤澜每遇有人提到某人、某事,不想表态,就把提问者的原话重复一次,然后就垫以哈哈的笑声。"×××,哈哈哈哈……""这件事,哈哈哈哈……"把想要从口中掏出他的真实看法的新闻记者之类的人弄得莫名其妙,斤澜这种使人摸不着头脑抓不住尾巴的笑声,使他摆脱了尴尬,而且得到一层安全的甲壳。在反右派运动中,他就是这样应付过来的。林斤澜不被打成右派,是无天理,因此我说他是"漏网右派",他也欣然接受。

斤澜极少臧否人物,但是是非清楚,爱憎分明。他一直在北京市文联工作，对市文联的领导，一般干部的遗闻轶事了如指掌。比如老舍挨斗，是他亲眼所见，亲耳所闻，揭发批判老舍的人是赖也赖不掉的。他觉得萧军有骨头有侠气，真是一条汉子。红卫兵想要萧军低头认罪，萧军就是不低头，两腿直立，如同生了根。萧军没有动手，他说："我要是一动手，七八个小青年就得趴下。"红卫兵斗骆宾基，萧军说："你们谁敢动骆宾基一根毫毛！"京剧演员荀慧生病重，是萧军背着他上车的。"文革"后，文联作协批斗浩然，斤澜听着，忽然大叫："浩然是好人哪！"当场昏厥。斤澜平时似很温和，总是含笑看世界，但他的感情是非常强烈的。

斤澜对青年作家（现在都已是中年了）是很关心的。对他们的作品几乎一篇不落地都看了，包括一些评论家的不断花样翻新，用一种不中不西稀里古怪的语言所写的论文。他看得很仔细，能用这种古怪语言和他们对话。这一点，他比我强得多。

林斤澜！哈哈哈哈……

启功二三事

◎黄苗子

一

　　一个人越是谦和,就越受到别人尊敬。至少是启功教授(他新任全国书法家协会主席),不但北京师范大学他的学生都恭恭敬敬地称他"启先生",连我们这些属于朋友(更恰当地说,是师友之间)的——包括最近出版《明式家具珍赏》这本巨著而饮誉学术界的王世襄,背后谈起,也和我同样称他"启先生"。

　　有人说启先生(爱新觉罗·启功,字元白),样子长得像个熊猫。启先生自己亦颇以被呼为"熊猫"而自得(大概比"呼我为牛","呼我为马"好一点,因为熊猫毕竟是受保护的稀有动物)。前两年,来看他的客人太多,苦于应接不暇,于是就在宿舍门口挂一"免战牌",文曰:"大熊猫病了,请勿干扰。"

　　的确,启先生无论搬到哪里(他自己说"狡兔有三窟")来访的人总是其门如市,要字的、请客的、要文章的、请审阅研究生试卷的、审校书籍文稿的、请去讲学的、求写招牌的……此外,他又是文化部文物局的顾问,有个长期审阅全国博物馆所藏古书画的任务。总之,他其实并不是逍遥自在、坐在太阳底下啃竹子的大熊猫！一九八五年五月十八日，《人民日报》八版有一首《保护稀有活人歌》，就是一位熟人以不忍之心向社会呼吁，减轻他的压力，保护他的健康；可是，社会上偏有爱趁热闹的，你越替他呼吁，慕名来访者就越是争先恐后！

当一辈子右派，启先生也许还可以闭门著书，在学术和艺术上做出更大的贡献，却想不到这几年生逢盛世，反而使我们的启先生局促起来！

启先生本是"卧龙岗散淡的人"，他从不计较金钱利禄。对朋友学生都极热情厚道，平易近人（尽管文艺见解上他有时锋芒凌厉绝不含糊）。他中学还未毕业，就失去就学机会，在老师陈垣先生这位当代学术巨人的提挈下，他在二十一岁以后，一面教书度日，一面刻苦自学。从绘画、书法、诗词、音韵、考订、鉴别以及文学、史学领域的许多方面，他都下过苦功，有独特的成就。他的《古代字体论稿》、《诗文声律论稿》等著作，见解精辟，发前人所未道。收入前几年中华书局出版的《启功丛稿》，还只是他自选的部分著作。

启先生无论谈诗、谈书画碑帖、谈文学都有非凡的见解，有些问题的看法，从深刻钻研和自身经验得来，硬是不肯随人脚跟转。一九八六年九月初，他在香港中华文化中心主持书法讲座，他先把赵子昂论书的名言用大字写在板上："书法以用笔为上，而结字亦须用工。"然后他提出修改意见说："书法以用笔为'次'，而结字'必'须用工。"他认为粉笔、铅笔、钢笔字是汉字的骨架，是结字的基础，而用笔是字的肉和韧带组成部分，因此结字必须用功；架子搭好了，然后讲究用笔的肥瘦、墨色的浓淡、互相配合。他反对古人提出写字要"横平竖直"这一法则，他证明印刷铅字的工整字体，也都微向右下方倾斜。在论词方面,他反对某些所谓"婉约派"词人的矫揉造作:"妄将婉约饰虚夸,句句风情字字花。可惜老夫今骨立,更无余肉为君麻。"(《论词绝句二十首》之一)

巴黎大学中文系主任熊秉明教授,最近返国讲学,他是研究书法理论的,在中秋节书法界的欢迎会上,大家要熊先生写字留作纪念,他想起不久前在台湾兴办个人展览时,曾写过一首作为展出序言的新诗,他就把第一段写下来:

> 展览　展览
> 展出什么呢
> 这个世界已经太满
> 红灯　绿灯　红灯
> 　绿灯　红灯　绿灯
> 你的眼睛已经超重
> 　超速
> 你的眼睛已经故障
> 　慢下来　停下来
> 给你以新的看。

启先生在旁边观赏片刻,马上也就拿起毛笔由左到右横写,立成《如梦令》一首:

> 展览,展览
> 使我顿开双眼。
> 中秋月满天清,
> 更有红灯、绿灯。
> 红绿红绿,照我今宵团聚。

启先生聪敏过人的才华,经常使朋友们惊服。

启先生自幼喜欢绘画,他的国画功力醇厚,由于学问修养深,下笔自然高绝。早年作山水,晚年爱画朱竹窠石。但因害怕像写字一样因此得名,又背上一身画债,所以深自韬晦,不欲人知。

一九七七年,启先生曾经自己写过一篇《墓志铭》:

中学生,副教授。博不精,专不透。名虽扬,实不够。高不成,低不就。瘫趋左,派曾右。面微圆,皮欠厚,妻已亡,并无后。丧犹新,病照旧。六十六,非不寿。八宝山,渐相凑。计平生,谥曰"陋",身与名,一齐臭。

苗子为之赞曰:嵇、阮之俦,石、八之流。寄情八法,写乐写忧。万人趋之,转为桎囚。天马伏枥,孰纵之游。唯启老之寿康,献文化之新猷!

二

启先生满肚子学问文章,很多人都知道他的诗词书画,驰名当代,却不知道他史学和考证的功夫甚深,他是辅仁大学校长陈垣(援庵)的得意弟子。援庵先生在六十年代逝世前,启功还经常去问安侍座。

启功最近出版了他的《诗文声律论稿》,这是大家知道的一本好书,总结了数千年来我国在声韵学方面的心得经验。可是大家还不知道启功近年来为中华书局点校完了二十多巨册的《清史稿》,朋友们都说:在"四人帮"的狂风骤雨中,大家都很少能做出一件事情,启功却埋头苦干,完成了史学界的一件重要工作。

一九七七年,启功六十多岁,身体本来就不很好,加上前几年老妻病亡,精神和生活都受到影响,可是他生性豁达,前年在医院医治骨质增生,医生给他带上个塑胶脖套,以防意外。他为此写了两首《渔家傲》,其中一首是:

> 痼疾多年除不掉,灵丹妙药全无效,可恨老年成病号,不是泡,谁拿性命开玩笑! 牵引颈椎新上吊,又加硬领脖间套,是否病魔还会闹? 天知道,今朝且唱《渔家傲》。

原来,无病装病,北京土话叫"泡病号"。启先生滑稽突梯地把自己的痛苦当成笑料,自嘲一番,令人笑中有泪。记得一九八五年夏天,我同黄永玉兄去西城小乘巷他家找他未遇,却恰巧在西单碰到,便一起到四川饭店吃小食。恰好五个年轻女工,从附近工厂出来,同坐一桌,启功高谈阔论地说起他的病,并朗诵他这一首《渔家傲》,使得这几位女工忍俊不禁,都哈哈大笑起来,并且参加了我们的讨论,有的还要把他的大作写下。我躬逢其盛,想起杜牧之诗:"忽发狂言惊四座,两行红粉一齐回!"也不觉为之大笑。

三

启先生曾有《贺新郎》词一首,照录如下:

> 白鸭炉中烤,怎能分哪边腰腹,哪边头脑,如果有人熬白菜,抓起一包便了,现写上谁家几号;万一打开详细看,尾巴尖重复知多少,有的像,牛犄角。 三分气在千般好,也无非装腔作势,舌能手巧,裹上包装分品种,各

式长衣短袄,并未把旁人吓倒。试向浴池边上看,现原形爬上方能跑。个个是,炉中宝。

上半阕刻画世情,更是入木三分,试问权豪贵势、穷子乞儿、红粉鸠涂、文盲博学……到头来,哪一个不是"炉中宝"!真是炉火面前,人人平等,阎王大限,铁面无私。

活着,有一口气固然好,但也无非卖弄那"舌能手巧"。这些人"长衣短袄"地"裹上包装分品种",自加"伟大"头衔,自竖"旗手"封号,梦想"大师"、"名流",为此头破血流。结果呢,"并未把旁人吓倒"。一旦剥去"包装",在澡堂里赤裸裸与世人见面,那副丑恶原形,毕露于众目睽睽之下,那时要想躲过群众眼睛,还得爬上池边,才能溜之乎也呢。

可是大千世界,偏也有这种自欺欺人之辈,一味给自己这副脓包涂脂抹粉,一味仗着那些"包装"、"品种"招摇过市,一味"装腔作势"藉以吓人,不知道"旗手"、"名流","并未把旁人吓倒",那些耗尽毕生精力、蝇营狗苟、追逐竞奔的笨蛋们,到头还不是跟着芸芸众"死",去作"炉中宝"吗?

有个笑话:某地有一青年,骑车违章,警察叫他下来告诫一通,青年不服,临走嘟囔着说:"哼! 瞧你神气,将来总逃不出我的手上。"警察大怒,叫回来问他是什么单位的,青年人不慌不忙掏出工作证,乃是本地火葬场职工,这青年说得倒也不假,谁最终能逃过火葬场这一关呢?

给某些热中人士浇上一盆冷水,奉劝他们少在包装品种上花心血,"赤条条来去无牵挂",心安理得,未始不是一件功德。此词作者,亦以为可乎?

友

我眼中的张中行

◎季羡林

　　接到韩小蕙小姐的约稿信,命我说说张中行先生与沙滩北大红楼。这个题目出得正是时候。好久以来,我就想写点有关中行先生的文章了,只是因循未果。小蕙好像未卜先知,下了这一阵及时雨,滋润了我的心,我心花怒放,灵感在我心中躁动。我又焉得不感恩图报,欣然接受呢?

　　中行先生是高人、逸人、至人、超人。淡泊宁静,不慕荣利,淳朴无华,待人以诚。以八十七岁的高龄,每周还到工作单位去上几天班。难怪英文《中国日报》发表了一篇长文,颂赞中行先生。通过英文这个实为世界语的媒介,他已扬名寰宇了。我认为,他代表了中国知识分子,特别是老年知识分子的风貌,为我们扬了眉,吐了气。我们知识分子都应该感谢他。

　　但是,现在回想起来,却不能不承认这是一件怪事:我与中行先生同居北京大学朗润园二三十年,直到他离开这里迁入新居以前的几年,我们才认识,这个"认识"指的是见面认识,他的文章我早就认识了。有很长一段时间,亡友蔡超尘先生时不时地到燕园来看我。我们是济南高中同学,很谈得来。每次我留他吃饭,他总说,到一位朋友家去吃,他就住在附近。现在推测起来,这"一位朋友"恐怕就是中行先生,他们俩是同事。愧我钝根，未能早慧。不然的话，我早个十年八年认识了中行先生，不是能更早得一些多得一些潜移默化的享受，早得一些多得一些智慧，撬开我的愚钝吗？佛家讲因缘，因缘这东西是任何人任何事物都无法抗御的。我没有什么话好说。

　　但是，也是由于因缘和合，不知道是怎样一来，我认识了中行先生。早晨起来，在门前湖边散步时，有时会碰上他。我们俩有时候只是抱拳一揖，算是打招呼，这是"土法"。还有"土法"是"见了兄弟媳妇叫嫂子，无话说三声"，说一声："吃饭了吗？"这就等于舶来品"早安"。我常想中国礼仪之邦，竟然缺少几句见面问安的话，像西洋的"早安"、"午安"、"晚安"等等。我们好像挨饿挨了一千年，见面问候，先问："吃了没有？"我同中行先生还没有饥饿到这个程度，所以不关心对方是否吃了饭，只是抱拳一揖，然后各行其路。

　　有时候，我们站下来谈一谈。我们不说："今天天气，哈，哈，哈！"我们谈一点学术界的情况，谈一谈读了什么有趣的书。有一次，我把他请进我的书房，送了他一本《陈寅恪诗集》。不意他竟然说我题写的书名字写得好。我是颇有自知之明的，我的"书法"是无法见人的。只在迫不得已时，才泡开毛笔，一阵涂鸦。现在受到了他的赞誉，不禁脸红。他有时也敲门，把自己的著作亲手递给我。这是我最高兴的时候。有一次，好像就是去年春夏之交，我们早晨散步，走到一起了，就站在小土山下，荷塘边上，谈了相当长的时间。此时，垂柳浓绿，微风乍起，鸟语花香，四周寂静。谈话的内容已经记不清楚。但是此情此景，时时如在眼前，亦人生一乐也。可惜在大约半年以前，他乔迁新居。对他来说，也许是件喜事。但是，对我来说，却是无限惆怅。朗润园辉煌如故，青松翠柳，

"依然烟笼一里堤"。北大文星依然荟萃，我却觉得人去园空。每天早晨，独缺一个耄耋而却健壮的老人，荷塘为之减色，碧草为之憔悴。"此情可待成追忆，只是当时已惘然"。

中行先生是"老北大"。同他比起来，我虽在燕园已经待了将近半个世纪，却仍然只能算是"新北大"。他在沙滩吃过饭，在红楼念过书。我也在沙滩吃过饭，却是在红楼教过书。一"念"一"教"，一字之差，时间却相差了二十年，于是"新""老"判然分明了。即使是"新北大"吧，我在红楼和沙滩毕竟吃住过六年之久，到了今天，又哪能不回忆呢？

中行先生在文章中，曾讲过当年北大的入学考试。因为我自己是考过北大的，所以备感亲切。一九三〇年，当时山东唯一的一个高中——省立济南高中毕业生八十余人，来北平赶考。我们的水平不是很高。有人报了七八个大学，最后，几乎都名落孙山。到了穷途末日，朝阳大学，大概为了收报名费和学费吧，又招考了一次，一网打尽，都录取了。我当时尚缺自知之明，颇有点傲气，只报了北大和清华两校，居然都考取了。我正做着留洋镀金的梦，觉得清华圆梦的可能性大，所以就进了清华。清华入学考试没有什么特异之处，北大则给我留下了难忘的印象。先说国文题就非常奇特："何谓科学方法？试分析详论之。"这哪里像是一般的国文试题呢？英文更加奇特，除了一般的作文和语法方面的试题以外，还另加一段汉译英，据说年年如此。那一年的汉文是："别来春半，触目愁肠断。砌下落梅如雪乱，拂了一身还满。"这也是一个很难啃的核桃。最后，出所有考生的意料，在公布的考试科目以外，又奉赠了一盘小菜，搞了一次突然袭击：加试英文听写。我们在山东济南高中时，从来没有搞过这玩意儿。这当头一棒，把我们都打蒙了。我因为英文基础比较牢固,应付过去了。可怜我那些同考的举子,恐怕没有几人听懂的。结果在山东来的举子中,只有三人榜上有名。我侥幸是其中之一。

至于沙滩的吃和住,当我在一九四六年深秋回到北平来的时候,斗转星移,时异事迁,相隔二十年,早已无复中行先生文中讲的情况了。他讲到的那几个饭铺早已不在。红楼对面有一个小饭铺,极为窄狭,只有四五张桌子。然而老板手艺极高,待客又特别和气。好多北大的教员都到那里去吃饭,我也成了座上常客。马神庙则有两个极小但却著名的饭铺,一个叫"菜根香",只有一味主菜:清炖鸡。然而却是宾客盈门,川流不息,其中颇有些知名人物。我在那里就见到过马连良、杜近芳等著名京剧艺术家。路南有一个四川饭铺,门面更小,然而名声更大,我曾看到过外交官的汽车停在门口。顺便说一句:那时北平汽车是极为稀见的,北大只有胡适校长一辆。这两个饭铺,对我来说是"山川信美非吾土",价钱较贵。当时通货膨胀骇人听闻,纸币上每天加一个"0",也还不够。我吃不起,只是偶尔去一次而已。我有时竟坐在红楼前马路旁的长条板凳上,同"引车卖浆者流"挤在一起,一碗豆腐脑,两个火烧,既廉且美,舒畅难言。当时有所谓"教授架子"这个名词,存在决定意识,在抗日战争前的黄金时期,大学教授社会地位高,工资又极为优厚,于是满腹经纶外化而为"架子"。到了我当教授的时候,已经今非昔比,工资一天毛似一天,虽欲摆"架子",焉可得哉?而我又是天生的"土包子",虽留洋十余年,而"土"性难改。于是以大学教授之"尊"而竟在光天化日之下,端坐在街头饭摊的长板凳上却又怡然自得,旁人谓之斯文扫地,我则称之源于天性。是是非非,由别人去钻研讨论吧。

中行先生至今虽已到了望九之年,他上班的地方仍距红楼沙滩不远,可谓与之终生有缘了。因此,在他的生花妙笔下,其实并不怎样美妙的红楼沙滩,却仿佛活了起来,有了形貌,有了感情,能说话,会微笑。中行先生怀着浓烈的"思古之幽情",信笔写来,娓娓动听。他笔下那一些当年学术界的风云人物,虽墓木久拱,却又起死回生,出入红楼,形象历历如在眼前。我也住沙滩红楼颇久。一旦读到中行先生妙文,也引起了我的"思古之幽情"。我的拙文,不敢望中行先生项背,但倘能借他的光,有人读上一读,则于愿足矣。

　　中行先生的文章,我不敢说全部读过,但是读的确也不少。这几篇谈红楼沙滩的文章,信笔写来,舒卷自如,宛如行云流水,毫无斧凿痕迹,而情趣盎然,间有幽默,令人会心一笑。读这样的文章,简直是一种享受。他文中谈到的老北大的几种传统,我基本上都是同意的。特别是其中的容忍,更合吾意。蔡孑民先生的"兼容并包",到了今天,有人颇有微词。夷考其实,中外历史都证明了,哪一个国家能兼容并包,哪一个时代能兼容并包,那里和那时文化学术就昌盛,经济就发展。反之,如闭关锁国,独断专行,则文化就僵化,经济就衰颓。历史事实和教训是无法抗御的。文中讲到外面的人可以随时随意来校旁听,这是传播文化的最好的办法。可惜到了今天,北大之门固若金汤。门外的人如想来旁听,必须得到许多批准,可能还要交点束脩。对某些人来说,北大宛若蓬莱三山,可望而不可即了。对北大,对我们社会,这样做究竟是一件好事,还是一件坏事,请读者诸君自己来下结论吧! 我不敢越俎代庖了。

　　中行先生的文章是极富有特色的。他行文节奏短促,思想跳跃迅速；气韵生动，天趣盎然；文从字顺，但绝不板滞，有时宛如大珠小珠落玉盘，仿佛能听到节奏的声音。中行先生学富五车，腹笥丰盈。他负暄闲坐，冷眼静观大千世界的众生相，谈禅论佛，评儒论道，信手拈来，皆成文章。这个境界对别人来说是颇难达到的。我常常想，在现代作家中，人们读他们的文章，只须读上几段而能认出作者是谁的人，极为稀见。在我眼中，也不过几个人。鲁迅是一个，沈从文是一个，中行先生也是其中之一。

在许多评论家眼中，中行先生的作品被列入"学者散文"中。这个名称妥当与否，姑置不论。光说"学者"，就有多种多样。用最简单的分法，可以分为"真""伪"两类。现在商品有假冒伪劣，学界我看也差不多。确有真学者，这种人往往是默默耕耘，晦迹韬光，与世无忤，不事张扬。但他们并不效法中国古代的禅宗，主张"不立文字"，他们也写文章。顺便说上一句，主张"不立文字"的禅宗，后来也大立而特立。可见不管你怎样说，文字还是非立不行的。中行先生也写文章，他属于真学者这一个范畴。与之对立的当然就是伪学者。这种人会抢镜头，爱讲排场，不管耕耘，专事张扬。他们当然会写文章的，可惜他们的文章晦涩难懂，不知所云。有的则塞满了后现代主义的词语，同样是不知所云。我看，实际上都是以艰深文浅陋，以"摩登"文浅陋。称这样的学者为"伪学者"，恐怕是不算过分的吧。他们的文章我不敢读，不愿读，读也读不懂。

读者可千万不要推断，我一概反对"学者散文"。对于散文，我有自己的偏见：散文应以抒情叙事为正宗。我既然自称"偏见"，可见我不想强加于人。学者散文，古已有之。即以传世数百年的《古文观止》而论，其中选有不少可以归入"学者散文"这一类的文章。最古的不必说了,专以唐宋而论,唐代韩愈的《原道》、《师说》、《进学解》等篇都是"学者散文",柳宗元的《桐叶封弟辨》也可以归入此类。宋代苏轼的《范增论》、《留侯论》、《贾谊论》、《晁错论》等等,都是上乘的"学者散文"。我认为,上面所举的这些篇"学者散文",有一个共同的特点,就是文采斐然,换句话说,也就是艺术性强。我又有一个偏见:凡没有艺术性的文章,不能算是文学作品。

拿这个标准来衡量中行先生的文章,称之为"学者散文",它是绝不含糊的,它是完全够格的。它融会思想性与艺术性,融会到天衣无缝的水平。在当今"学者散文"中堪称独树一帜,可为我们的文坛和学坛增光添彩。

1995 年 8 月

漫画丁聪

◎叶文玲

物体间有磁场,艺术家身上也有一种磁场。

漫画家丁聪身上,尤其有一种强磁。八届政协文艺界分组,将我们与画家编在一个小组,我心里常常就欢喜不尽,因为有那么多我最尊敬并喜爱的画家,尤其还有丁聪。有时望着他的身影我就想:假如我们这个小组少了丁聪,那"磁性"无疑会大大减弱,会余相聚也会少滋没味。我曾开玩笑称他和乔羽,比如今最当红的电视明星还当红,正月初二,因为看他的专题片,害得我半锅饺子都煮成了黑炭。

十三年前就敬识了丁聪,以后年年政协会上相见。每年报到一见他,都教我有一种喜悦感。这些年,关于丁聪的报道可以车载斗量,但在每个人的笔下,丁聪的形象就像丁聪自己手下汹涌的漫画,千姿百态而又每每令人忍俊不禁。

但是,丁聪的漫画,恰恰又都不是仅仅供人喷饭一笑的。就像他平日间仿佛是随意说说的话语,你听来只觉有趣,仔细一回味,又不单单是有趣,那足够你沉思缅想半天的内容,面一团水一勺地揉在笑语里,笑声飘走了,但笑语里的机锋却嵌埋在你的思想里,教你再也忘不了这位丁聪,这位永远是快快活活、世上独一无二的"老小丁"。

丁聪永远是快活的,他当然也有过不堪遭遇,我曾想象过他在受难年月里的情态,不是个侯宝林第二,定然也是吞酸咽苦将苦难化为轻烟的苦作乐者。当我把猜测告诉他时,他既不说是也不说不是,而是笑眯眯地圆起两眼,嘴里不住喷喷着,又一股劲地摇头,摇得我都不好意思起来,立时感觉自己说得太轻松,太没根底!

十三年前曾得丁聪的两句趣语:宁可居无竹,不可食无肉。这两句话,他是画在我的一把纸扇上的。下面的落款还有——俗人丁聪写于猪肉难购之时。曾记得,那时猪肉的“难购”,是指好肉瘦肉难买。丁老还感慨于会上有人发言,提到社会风气如何如何,肉店营业员又如何自私刁蛮,于是,在旁人是一则愤愤不已或怒气冲冲的话题,在丁老,就衍化成这样的幽默。

画扇同时,丁聪又风趣地“招供”了自己的健康秘诀是七个大字:喝酒吃肉不锻炼。

一年后,当我发现这段被我首先披露的趣话已成了许多人的“合唱”,而一些报章小文转述时又常常发生张冠李戴的错误时,我曾很为丁聪的“发明权”被侵犯而不平。丁聪老对此,却报以咧嘴一笑:好事,好事,说明我这条“健康法”,既有群众基础,又有号召力,只要体委不抗议,酒厂和肉店兴许还会给我评奖哩!

除了一以贯之的签名“小丁”,丁聪还有许多大家给他取的别名,我们这个小组就绕口令似的来了个五花八门:“小丁不小”、“小丁不老”、“小丁老”、“老小丁”,凡此种种,无一不是大家对他的爱称。

每年开会,丁聪总是报到很早,又极守纪律,小组讨论从不缺席。大会允许年事已高的老委员,可以不用到大会场听报告而留在住地看电视中的现场直播，丁聪就在住地老老实实地看，看得比去会场的还留神还认真；讨论发言，也总是既言之有物又言简意赅。当他某句幽默的话把大家说得哄堂大笑时，平日总是笑眯眯的丁聪自己却不大笑，顶多只是一副我们在其自画像里见过多次的表情：嘴巴紧抿，严肃有加。那种幽默才是充满了智慧的幽默。

有次，小组召集人因故不能来，要推举临时组长。众口一齐喊：丁聪！胖团团的丁聪于是满脸肃默摇摇晃晃地走上前来，走到组长就座的居中席，慢慢坐下后，才笑眯眯道：这辈子从没有当过什么长，今天大家高看我，我就当当这个"维持会长"吧！

"维持会长"当得果然认真之极，由丁聪主持的这场小组讨论，直论到别组早都散去吃饭了才罢休！

年过古稀的丁聪，精神健旺，一支健笔也从不休闲，会前会后休息间，哪怕只一会儿半会儿的空隙，他也照画不误。

有次我看了他的一幅家居生活照，胖团团的"小老丁"坐在自己的画室兼书房里，无边的书刊几乎将他"淹"得只剩下了一个脑袋。

我问："丁老，你怎么让记者发这么一张照片？你的书房真的就这么又挤又乱？"

他依然圆起小眼睛反问道："是么？不过这是我的真实呀！虽然乱，可是乱得有章法，我那实在不叫乱，或者应该叫作杂而不乱；我若要找个什么，自己一伸手就得，家长老要给我理理，我还不让呢！"

"家长"是指他的夫人沈峻。丁聪爱称夫人为家长，一是表示对夫人治家能力的敬服；二来么，他眨眨眼睛道："人家告诉我说,得'气管炎'有酒喝。不管你们信不信,反正我信。"

这是实情。家长里短都被同样也是事业型的夫人包揽了,他还有什么话说? 所以,丁聪对家长的"统治",心悦诚服。

于是,我对丁聪下面这话也深信不疑——他蹙眉作苦状说:在家里不太自由,家长经常要检查我的"作业",我经常挨批评。

却原来,丁聪所挨的批评不是因为"作业"做少了,而是做得太多了。夫人是为他的健康忧虑,毕竟是已过古稀的人了。

丁聪在十几年前送我的漫画册,是我最珍爱的藏书之一。累了,烦了,我就拿出他的画册来看,既解困又消愁,比什么药都灵验。

摆摊的老朋友

◎徐中玉

一九三四年暑后我到青岛山东大学读书，一直到一九三七年十月间因卢沟桥事变学校被迫内迁离青，三年间同宿舍旁边一个摆摊的老张始终有很亲切的感情，直到现在还很想念他。

我只知道他姓张，从未问过他的大名。山东人，也不知道他老家是哪个县。黑黑胖胖，黑里透红，眉毛很粗。学校并无围墙，宿舍旁边就是马路，即大学路。那时青岛平日人口不多，工厂、商店大致分区设立，大学路上汽车既少，行人也不多。他终日摆个水果兼烟糖等小杂品摊子，几乎全靠附近两个宿舍的大学生做他的主顾。那时全校学生不过四百左右，住在这两个宿舍的不超过一半，何况有些还是从不买零食吃的。所以，他的生意其实很少很小，大概只能勉强维持他和老婆两人的起码生活吧。

那时我还是一个刚从内地小县城来到洋化海滨城市读书的土学生。只因喜欢吃点水果，而他就设摊在宿舍旁边，常常向他去买，所以很快就熟起来了。那时他对每一个大学生都称"先生"。而我们知道他姓张以后，也就一律叫他老张。说是设摊，其实不过一副停下来的挑子，下面是箩筐，里面储放货物，上面各有一只木盘，一只放香烟、火柴、花生、装着普通糖果的玻璃瓶或匣，另一只便是水果。收摊时只要挑起就走，不是真有一个摊子得收拾起来。水果倒是一年四季不断的，从梨、桃、橘、香蕉、柿、葡萄、甜瓜到青萝卜都有。因为熟了，有时他远远就会招呼我："×先生，今天有很好的莱阳梨呢！"倒不为拉生意，是唯恐我这个老主顾错过了这种好机会。有时打球或下课回来，身上没带钱，却想吃点什么，他便主动让我拿走，满口的"没关系，没关系"。发展到后来，由于并非拿了立刻来还钱，或者拿了两三次都没有立刻去清账，就索性要他用小本本记个数罢。有不少同学在他账上留了姓。他能够用铅笔做他自己认识的记号，本来他是一个大字不识的。我们都非常信任他，从不注意秤杆的高低，说多少钱就是多少钱。还账时也是说多少便还多少。有时一面吃，一面还坐在他的摊边闲聊。他经常带有两三张可以折叠起来的小矮凳供人随便坐。有次告诉我，他老婆快要生孩子了，很高兴的样子。当时他总有四十岁了罢，大概是很晚才娶到老婆的。我问他生活得怎么样，他说："还凑付，还凑付。"看来，他对即将成为一个三口之家，并不怎样忧愁，而是充满着天真的高兴的。可是想不到这时却有一个人要来争夺他这个小买卖了。

有天我忽然发现宿舍前面多了一个摊子，摊旁站着一个陌生主人。摊上卖的货物，同老张的差不多，只是摆的摊离宿舍出入要道却更近些。先还以为是老张临时找人代卖，朝稍远一看分明老张的摊子仍在，就知老张遇上个抢生意的对手了。只有这么些主顾，这么些小生意，竟然来了个面对面争夺的人。而且一来就占上了一个更好的地点，老张会怎么想，怎么生气，我以为是可想而知的。

老张的摊子仍设在原处不动一动。我很同情他，仍只去他那里买。同他相熟的也都这样做,他对我们感谢极了。但没听他骂过那个新来争夺者一句话。只有一次,听他对旁人轻轻说了一句:"人家公安局里有熟人。小挑儿发不到大财,各凭良心嘛!"

那个新来者能说会道,很狡猾。大概看出不过这么些生意,又竞争不过老张。不知是否两人之间经过协商,以后新来者改为早上卖豆浆、鸡蛋、油条,午后卖小馄饨了。有了分工,两个摊子便设在老张一向摆的地方,联在一块了。偶然我也去吃过豆浆、鸡蛋和馄饨。还看到老张和他有说有笑了呢,后来者大家喊他老王。

常常有同学和老王吵起来。怪他豆浆里搀水多,把隔夜的油条充数,等等。当然都是小事情,老张有时还会帮他打圆场。而老张自己,三年之久时期里,我确实从未看见他跟谁脸红过。知道他老婆给生了个胖儿子,有次还一定要送我一把红枣吃呢。

一九三七年十月学校决定内迁离青,老张早听到消息。这时同学多已去别处借读,在校学生本已很少,老王早已转干别的去了,只有老张一直还在宿舍旁陪着我们。他不断向我们打听,提出问题:走不走? 什么时候走? 为什么一定要走? 鬼子来了怎么办? 老实说,有些问题我也存在,怎能回答呢? 他是怕生意做不成了? 不像。偌大个青岛,还怕搁不下他这一副小挑子! 他当然怕鬼子来了要受罪,但主要是不明白,为什么从上到下,只讲要走、要走。

在决定了团体出发的那天早上,我正在宿舍里捆行李,老张忽然捧了一包东西推门进来,放在我的书桌上。激动地说:"×先生,知道你今晚就要走了,没啥好东西,这几个柿子,你喜欢吃的,算我一点小意思。"我推辞,又问该多少钱,他的脸有点发红:"你这样就是瞧不起我了。"我不敢再推辞,表示非常感谢,并说不久还要回来的。他有点凄然。也没坐,说:"你忙着,我就回去了,再见。"我直送他到宿舍大门口,他坚决拦住不让我再出门。他走了,我一阵辛酸,觉得我也好像是在把他随便抛弃在侵略军就将到来的地方了……

离开青岛,我在兵荒马乱中,九年中走过了西南各省很多地方。在我忘记不了的青岛三年生活中,老张的形象和最后来送我一包柿子的情景,也是中间的一个组成部分。在他身上,我感到了北方农民身上的无比可贵的诚实和敦厚、真挚和质朴。我多次设想过,如果还有机会到青岛,一定要去寻访这位老朋友。

一九四六年山东大学在青岛复校,我欣然答应离开广州,回母校工作。也是这年的十月中旬,我回到了阔别九年的青岛。住下几天,就想去找老张,但到哪里去找呢?原来的校舍,尚是美军的营房,四周都建了墙。而新校址附近,又看不见老张的踪影。九年了,他还在不在青岛?他这个人究竟怎样了?记忆中他还是那样黑黑胖胖、笑呵呵的,可真怕已寻不到他了。

出乎意料的是三天后我就找到了他,并在他已经稍稍升格、真正摆着一个摊位的住处就着一包花生米碰杯了。原来同我一起回母校工作的老同学中,也有当年老张的熟主顾,有次他偶然在一条小马路上经过,竟巧遇到了老张。老张向他热情问起当年的这个"X先生"、那个"X先生"中,自然也包括有我。我一听说,马上就按址找去了。见面时的高兴真没法形容,相互扳着肩头好久才说得出话。他租了人家一个小小的汽车间,前半间摆摊,这回有木板和架子,货色品种也增加,有肥皂、酒、草纸等等了。后半间被一块布挡着,大概是住处。外面有张小桌子,可以喝茶。我祝贺他身体还是那么健朗,快五十的人了,力气仍很大,说话仍很响。他告诉我鬼子来后曾回乡几年,而那个老王,则甘心当了汉奸,已死掉了。他没法生活才又出来,受了许多苦才搞成现在这个局面,说总算有口饭吃了。问起他的孩子,笑嘻嘻地说正在上小学。他一面要我坐下,一面把他摊上能吃的东西全抓一把来,还给我斟了杯白干。这里马路虽冷僻,来买东西的人倒不少,我怕耽误他做生意,小坐一会儿便告辞。他像对待亲人一样,再三要我有空便去玩。

可是后来我不过再去了一次,而且时间更短便离开了。因为当时"山大"学生发起反饥饿反内战活动,我不过表示了一点最起码而且微不足道的支持和同情,被警备司令丁治磐找去恐吓了一顿,《民言晚报》还不指名却又很明显地说我是潜伏在"山大"的"奸匪"(国民党反动派对共产党人员的诬蔑称法)。我哪有资格当这种"奸匪",但据说已有人暗中在注意我的行动了。既怕出事,又顾虑连累别人,从此索性哪里也不去。后来国民党反动教育部果然给"山大"发来了中途解聘我的密令,不得不马上离开。只在走前几天的一个星期日下午,我才又去老张那里像是买东西,坐了大约五分钟,带去了送给他孩子的几本小书。当然我什么也没有告诉他。这回,是我去向他告辞,回想当年他捧了一堆柿子来给我送行的情景,我是怎么也忘记不了他的情意的。这是一九四七年秋天的事情。

匆匆又过去了三十三年。前年暑期有机会去青岛开会,我还是牢牢记着这个青年时代的老朋友。可是到那条马路上去找时，马路、房屋都已改建，问了些人毫无结果，竟未能再看到他。算算年龄，他应该八十多了。他已去了哪里？他经营了一辈子的小摊子现在哪里？是否前几年已被当作"资本主义尾巴"给割断了？劳苦一生的老张，身骨一定还好，希望他还健在。他应该还在啊！让他高兴地知道他确实并没有走资本主义道路，有人欺侮他那完全是别人的错，让他看见世道毕竟真正在好起来了。没有再看到他，我是非常怅惘的。那晚，我一个人在所住的韶关路上，默默地走了好几个来回。

　　我期待着再有机会去青岛，一定还要多想些法子去寻访他。这样诚实、敦厚、真挚、质朴的老朋友，怎能忘记？即使仍寻不到他了，也还会永远活在我的心里的。

1983 年 2 月 16 日

朋友

◎贾平凹

朋友是磁石吸来的铁片儿、钉儿、螺丝帽和小别针。只要愿意,从俗世上的任何尘土里都能吸来。现在,街上的小青年有江湖义气,喜欢把朋友的关系叫"铁哥们",第一次听到这么说,以为是铁焊了那种牢不可破,但一想,磁石吸的就是关于铁的东西啊。这些东西,有的用力甩甩就掉了,有的怎么也甩不掉,可你没了磁性它们就全没有喽!昨天夜里,端了盆热水在凉台上洗脚,天上一个月亮,盆水里也有一个,突然想到——这就是朋友么。

我在乡下的时候有过许多朋友。至今二十年过去,来往的还有一二,八九皆已记不起姓名,却时常怀念一位已经死去的朋友。我个子不高,打篮球时他肯传球给我,我们就成了朋友,数年间形影不离。后来分手,是为着从树上摘下一堆桑葚,说好一人吃一半的,我去洗手时他吃了他的一半,又吃了我的一半的一半。那时人穷,吃是第一重要的。现在是过城里人的日子,人与人见面再不问"吃过了吗"的话。在名与利的奋斗中,我又有了相当多的朋友,但也在奋斗名与利的过程中,我的朋友变换如四季,走的走,来的来,你面前总有几张板凳,板凳总没空过。

我作过大概的统计,有危难时护佑过我的朋友,有贫困时周济过我的朋友,有帮我处理过鸡零狗碎事的朋友,有利用过我又反过来踹我一脚的朋友,有诬陷过我的朋友,有加盐加醋传播过我不该传播的隐私而给我制造了巨大麻烦的朋友。成我事的是我的朋友,坏我事的也是我的朋友。有的人认为我没有用了,不再前来,有些人我看着恶心了主动与他断交,但难处理的是那些帮我忙越帮越乱的人,是那些对我有过恩却又没完没了地向我讨人情的人。

地球上人类最多,但你一生交往最多的却不外乎在方圆几里或十几里,朋友的圈子其实就是你人生的世界,你的为名为利的奋斗历程就是朋友的好与恶的历史。有人说,我是最能交朋友的,殊不知我相当多的时间却是被铁朋友占有,常常感觉里我是一条端上饭桌的鱼,你来捣一筷子,他来挖一勺子,我被他们吃得只剩下一副骨架。

有一次我独自化名去住了医院,只和戴了口罩的大夫护士见面,病床的号码就是我的一切,可我却再也熬不下一个月,第二十七天翻院墙回家给所有的朋友打电话。也就有人说啦:你最大的不幸就是不会交友。这我便不同意了,我的朋友中是有相当一些人令我吃尽了苦头,但更多的朋友是让我欣慰和自豪的。

过去的一个故事讲,有人得了病去看医生,正好两个医生一条街住着,他看见一家医生门前鬼特别多,认为这医生必是医术不高,把那么多人医死了,就去门前只有两个鬼的另一位医生家看病,结果病没有治好。旁边人推荐他去鬼多的那医生家看病,他说那家门口鬼多这家门口鬼少,旁边人说:那家医生看过万人病,死鬼五十个,这家医生在你之前就只看过两个病人呀!

我想，我恐怕是门前鬼多的那个医生。根据我的性情、职业、地位和环境，我的朋友可以归两大类：一类是生活关照型。人家给我办过事，比如买了煤，把煤一块一块搬上楼，家人病了找车去医院，介绍孩子入托。我当然也给人家办过事，写一幅字让他去巴结他的领导，画一张画让他去银行打通贷款的关节，出席他岳父的寿宴……或许人家帮我的多，或许我帮人家的多，但只要相互诚实，谁吃亏谁占便宜就无所谓，我们就是长朋友，久朋友。另一类是精神交流型。具体事都干不来，只有一张八哥嘴，或是我慕他才，或是他慕我才，在一块谈文道艺，饮茶聊天。

　　在相当长的时间里，我把我的朋友看得非常重要，为此冷落了我的亲戚，甚至我的父母和妻子儿女。可我渐渐发现，一个人活着其实仅仅是一个人的事，生活关照型的朋友可能了解我身上的每一个痣，不一定了解我的心；精神交流型的朋友可能了解我的心，却又常常拂我的意。快乐来了，最快乐的是自己。苦难来了，最苦难的也是自己。

　　然而我还是交朋友，朋友多多益善。孤独的灵魂在空荡的天空中游弋，但人之所以是人，有灵魂同时有身躯的皮囊，要生活就不能没有朋友。因为出了门，门外的路泥泞，树丛和墙根又有狗吠。

　　西班牙有个毕加索，一生才大名大，朋友是很多的，有许多朋友似乎天生就是来扶助他的，但他经常换女人也换朋友。这样的人我们效法不来，而他说过一句话：朋友是走了的好。我对于曾经是我朋友后断交或疏远的那些人，时常想起来寒心，也时常想到他们的好处。如今倒坦然多了，因为当时寒心，是把朋友看成了自己和自己的家人，殊不知朋友毕竟是朋友,朋友是春天的花,冬天就都没有了。

朋友不一定是知己,知己不一定是朋友,知己也不一定总是人,他既然吃我,耗我,毁我,那又算得了什么呢?皇帝能养一国之众,我能给几个人好处呢?这么想想,就想到他们的好处了。

今天上午,我又结识了一个新朋友,他向我诉苦说他的老婆工作在城郊外县,家人十多年不能团聚,让我写几幅字,他去贡献给人事部门的掌权人。我立即写了,他留下一罐清茶一条特级烟。待他一走,我就拨电话邀三四位旧的朋友来有福同享。

这时候,我的朋友正骑了车子向我这儿赶来。我等待着他们,却小小私心勃动,先自己沏一杯喝起,燃一支吸起。如此便忽然体会了真朋友是无言的牺牲,如这茶这烟,于是站在门口迎接喧哗到来的朋友而仰天呵呵大笑了。

空中朋友

◎铁凝

前些天，一位从石家庄来的友人告诉我，今年盛暑未到，那儿却经历了一次难以忍耐的高温天气。他半夜从凉席上被炙醒，喉咙似乎要着火，便切了西瓜解渴，那瓜的温度早已升至异常。

石家庄的高温，引我忽然想起地处赤道、位于非洲中西部的加蓬共和国。这加蓬与我有什么关系？

我所以由石家庄的高温想起加蓬，想起它的首都利伯维尔，想起利伯维尔那典型的热带雨林气候，是因为一位瘦弱的上海姑娘，她叫刘清华。

六月，我曾飞往北欧，途中，刘清华是我的邻座。最初，我猜她是出国进修，或者自费留学，要么便是考察团、代表团成员。但她神情十分的忧郁，几次掏出手绢频频地擦眼睛。留学、考察、访问难道还会面带忧伤么？况且机舱内也并无她的同伴。我留意着她的神色，作着其他设想，并试着跟她讲话，她毫无准备地再用手绢掸掸眼，将脸转向我，便和我攀谈起来。

果然，留学、访问都与她无关，她是去国外定居的。

几年来中国门户开放，国人、洋人出出进进，目的、渠道繁多，人们早也习以为常。然而定居国外，还是能引起不少人的羡慕和重视。

但刘清华谈及这件事，并无优越、炫耀之色，说着，泪水充溢着眼眶。"我不高兴，我真的不高兴。"她对我重复着。

"去哪个国家？"我问。

"加蓬。"她说。

在飞机上，我听到了这个陌生国度的名字。当时我对它虽无更多的了解，但我知道那里是热的：热的太阳，热的大地，连瓜果也一定是热的。

刘清华，上海人，已过而立之年，干部，上海某区委人事科副科长，若无出国事不久还将被提拔。此行却是投奔在加蓬经商的舅舅。舅舅幼年便漂泊海外，后来由台湾地区去了加蓬，如今在加蓬首都利伯维尔开了几家服装市场。因身边无亲人，才多次写信要刘清华去帮忙经营。后来频繁的书信终于说通了在上海熟悉人事工作的刘清华，她辞别了她所熟悉的一切。

对于这件事，我并没有替她权衡其中的得失。我只是劝她：既然加蓬有亲人，亲人又是那么需要她，就不要太伤心。再说，一切不是已经开始了吗？我们已经飞在空中。

刘清华苦笑了，苦笑着把话题转向舅舅的服装业务："我去帮舅舅经营服装市场，可是你看我的服装，是不是很土？"

我早就注意了她的衣着。说实在的，刘清华在上海大约并不能算会打扮的人。衣裙的颜色虽属鲜艳，却缺乏必要的谐和。但此刻我愿意使她高兴，便不去品评她的穿扮。刘清华却并不掩饰这一切，又说："我从来不知道打扮自己，连颜色也不会搭配，上海姑娘极少有我这样的。头发也是第一次烫，来北京之前，母亲逼我去烫的。"

刘清华新烫的头发乌黑蓬松，十分厚密，显得人更瘦弱。黄黄的脸色，苍白的嘴唇，像经历过大的灾难。然而就是她，要到那个陌生的、炎热的国度去了。我心中忽然升起对这年轻女性的莫名的担忧。

她忽然轻轻咳嗽起来，蓬松的头发也随之震颤着，仿佛是和我那莫名的担忧不谋而合。

"你上海家里还有谁呢?"我问。

"只剩母亲一人了，父亲早就死了。那些年，由于我们的海外关系，家境你可想而知，算得上家破人亡。我们在人前只知道不作声，时间长了竟像不会讲话似的。后来，总算给父亲平了反，退还了几万元工资，我也被调到区里……"刘清华叙述得很平静。

"那你为什么还要走呢?"我终于替她权衡起前途，冒失地问。

"我也说不清。"她对我的提问显出些慌乱，顿了顿才说："也许是因为舅舅吧。他在那里生了一场大病，差点死掉，都是因为表妹。"

原来刘清华在国内的表妹和妹夫前她一年也去了加蓬，也是被这位舅舅请去帮忙做生意的。他花钱将他们接去，又给他们作了无微不至的安排。谁知没过多久，两人受了另一个老板的诱惑，见利忘义，背叛了舅舅，竟投靠了那个正与舅舅竞争激烈的人。他们对他的背叛，使他蒙受了羞辱，之后便大病一场。从此，这个早年便在海外闯荡的服装商人更觉孤身无靠，才再三再四写信求刘清华前去。他深知刘清华的前往，不仅是生意的需要，也是自己精神和心灵的需求吧? 一人举目无亲，纵然再有更多的服装市场，也会感到孤单。

"也许就因为舅舅这场大病，我才作了最后决定。我不知我说清了没有。"刘清华说。

"说清了。"我说。

"我不会背叛他。"她说。

她将脚下一只小纸箱指给我看，告诉我那是一箱茅台酒，说利伯维尔的商人都喜欢喝茅台，舅舅应酬一定用得着。途中刘清华一直细心照看着那纸箱，似乎是对那背叛舅舅者的报复。

飞机在阿拉伯联合酋长国的沙加机场加油，我们进候机大厅休息。沙加机场候机厅那乳黄色圆形拱顶，游移在厅内身着黑袍、白袍的阿拉伯男人、女人，给这儿增添了一种神秘而古怪的气氛。刘清华对机场商店那些令人眼花缭乱的商品并不关注，倒是这实实在在的异邦气氛招引来她新的思绪。她坐在角落里一只沙发上突然问我："你说同黑人结婚好不好?"显然，她将她的去处想得更具体了。

我却无法回答她，更意外以我们空中八个小时的交情，她能同我谈及这样的话题。

再次登机后，她还继续着刚才的话题。她说，她原有个男朋友，在她家境窘迫时就爱着她，可惜患肝癌死了。从此她再也没遇见能比得上他的人。

"我很怕。"她说，"实在不行我就嫁个华人。"

我也很怕，一直不能回答她的问题。死于肝癌的男朋友、黑人、华人……

飞机又一次降落，是瑞士的苏黎世。我们在这里换机。刘清华将换乘法航班机飞利伯维尔;我们换北欧航空公司班机飞奥斯陆。

在机场盥洗间，她很不熟练地往唇上涂了点口红，对我说："我们拍张照片留念吧，这样我在加蓬就会多一个可以想念的亲人。"

我赞同她的提议，拿出相机，在一间灯火绚烂的商店门前合影，并答应回国后一定将照片寄她。

几小时后我又在空中旅行。我习惯地将头偏向邻座，邻座已换了新人；我将眼光转向那新人的脚下，装茅台酒的纸箱亦不见踪迹。

心中有着无尽的遗憾，遗憾我不能回答她的提问：黑人、华人，这关联着她半个人生的大事。再说，关联着她半个人生的仅仅是这些吗？

舱内暗下来，一部电影开始了。我只看见一个瘦弱的上海姑娘，正拎了一箱茅台蹒跚而去，将青春和一生的喜怒哀乐都要交付于那个捉摸不定的热的异邦。

有多少人把出国定居、接受遗产假定为索取？却很少有人想到奉献。那个异邦也许不拒绝刘清华的索取，但更需要她的奉献。她的一切一切证明着，她原本为了奉献而去。

不知过了多久，舱内又大亮。我向窗外望去，看见了奇伟的阿尔卑斯山。皑皑白雪覆盖着苍然的山脊，云海在峡谷里奔涌，也有成群单薄的云片结队轻飞，散落在山间的红房子宛若粒粒南国红豆。

一位瑞士女作家写过一个名叫海蒂的小姑娘，从富足、舒适的法兰克福跑回她爷爷所居住的阿尔卑斯山，在山上那座小木屋里同善良而倔强的爷爷生活下来。那故事使我久久难忘。那位爷爷的命运联着阿尔卑斯山，海蒂的命运连着爷爷。在阿尔卑斯山的小木屋，她感到了生命的充盈和踏实。故事虽已久远,但我仍旧觉得海蒂依然住在那里。

谁能言尽自己的命运?也许它常常令人难以把握。然而主宰自己命运的那份意念总该醒着。纵然前程无握,心中的念头醒着,便安然。

无尽的遗憾又上心头。刘清华似乎没有携了那意念远去。是丢在了家庭以往的不幸里,还是泯灭在心灵无法愈合的创伤中?我茫然。

我飞着,明确自己的去处,也知道自己的归期,真正的喜悦是终能踏上我自己的国土;刘清华已经降落在那块"热土"上,我却常常觉得她仍在空中。

中国的盛夏就要过去,加蓬的闷热一年难尽。从此,每一个夏天我都会想起那个地方,那里有一位我空中的朋友。

"胖嫂",您在哪里

◎资华筠

"文革"中邂逅"胖嫂",是我刻在"心"上的一段记忆。读书学习注入大脑的知识,难免会忘掉一些,刻在"心"上的人和事,却随着岁月的流逝愈加清晰起来,近来,对"胖嫂"的思念更是与日俱增……

我至今不知道"胖嫂"的姓名,但她丰满的脸庞、含笑的眉眼以及劳作时矫健的身影,却历历在目。如果不是那个非常时期,也许我们永远不会相识呢。

记得是"文革"后期,"林彪事件"之后,下放部队农场的中央直属文艺团体全部回到了北京,我依然要在单位的大院里劳动,不能从事专业,更不要说登台演出。每日清晨,当"革命群众"迎着朝阳走进宽敞的排练厅开始练功,我就到临时工那里去报到——领活儿:清理垃圾,修补房顶,拉煤,抬土……好在只是半天(剩下的时间要参加"斗私批修"),而且"锻炼"已久,体力不成问题。与在部队农场时相比,收工后可以回家住——有了一点自由空间,也该知足了。但是,每每听到从排练厅传出的琴声,从门窗外瞄一眼里面的舞蹈排练,心里总不是滋味,这一切,只能深埋心中,绝不能有半点流露。

渐渐地,我发现排练厅并不上锁,那个年代更没人早起苦练基本功,于是萌生了偷练早功的念头。这当然是冒险行为,若被发现"贼心不死"（这是当时我们这些"黑线人物"留恋专业的通用性"罪行"），批判会升级，岂不自讨苦吃？犹豫多日，实在抵不住自我诱惑，经仔细考查，确认提前"占领"排练厅的安全系数大约是两个半小时左右（晚了，会被早起的人发现，太早了，天还没亮——必须开灯，又会引起注意）。

一连许多天，我从清晨五点半开始的"秘密行动"安然无事，逐渐放松了警惕，越练越上瘾，不断延长时间，终于有一天被提前上工的"胖嫂"发现！

"敢情您不是干我们这行的？"劳动休息时，她小声地问我。这是她第一次主动和我搭话，第一次使用"您"。在此之前，由于我劳动时一声不吭，人家只和我说最简单的——与干活儿有关的话。

"我愿意接受你们的再教育。"我立即郑重表态，深知"秘密"被发现的危险，但可恨的永远批不倒的自尊，又使我不愿恳求她别去告发。

沉默了好一会儿，她把我拉到了一边（避开众人）说："以后，我每天早来一会儿，看您跳舞。"这大大出乎我的意料，两只眼睛呆呆地望着她，一时间竟无以对答。

她笑了，这是我很久没有见到的笑容，一瞬间似乎能熨平心上所有揪在一起的褶皱。"您跳得真好看，比他们强。唉，这年头，有本事的人都遭罪啊……"脱离劳动队伍个别交谈已属禁忌，内容竟涉及到了"这年头"！我立刻示意"胖嫂"闭嘴，归队。她却拉住我的手说："大姐，再听我一句话，好好保重身子骨，别伤了腰腿，以后有用……"

啊！"以后……"我还有"以后"？长久封紧的感情闸门，一下子被冲开，我蹲下身，掀起满是尘土的衣角捂住脸（假装擦汗），任凭泪水无尽地流淌……

此后，"胖嫂"便成了我的"保护神"，不仅主动和我搭伴干活儿，而且处处关照。两人抬煤，她一个劲儿地把筐往她那边扯；当小工抹墙，她手把手地教我，不断地嘱咐："慢点，别急。"休息时，常悄悄地问我："顶得住吗？别逞强。"我唯一能报答她的就是当她来看我练功时，给她准备一个"好节目"（跳一点优美的"毒草"）。她从来不肯进教室，只是从排练厅朝着院子的那扇门往里瞧。日后，每每回忆此情此景，总在想：莫非"胖嫂"本能地懂得"距离产生美"？

这样心心相印的"好景"不常，毛主席有关《创业》的批示下达后，"革委会"为了落实"调整文艺政策"的"最高指示"，通知我停止劳动，参加练功——为"红线"效力，与"胖嫂"的联系就此中断。偶尔在院子里见到她，她依然是那样一笑，但当时的处境不允许我刻意与她接触，集体练功时，我经常向着那扇门偷偷张望，却很少再见到那张熟悉的脸，缺少了特殊"观众"，心里空荡荡。我暗下决心，有朝一日重返舞台，一定要敬赠"胖嫂"一张最好的票——让她看个够！

终于盼来了文艺的春天，我的艺术生命也得以复苏。为了在不惑之年重返舞台，我日以继夜地苦练基本功并酝酿新的创作。不知怎么，这段时间我竟忘记了"胖嫂"。待重返舞台的第一个独舞——《长虹颂》在纪念毛主席逝世一周年的盛大演出中将要和观众见面时，我兴冲冲地拿着票，准备请"胖嫂"看演出时，却发现她已离开了我们的大院。我急着到后勤部门去找，回答说："'文革'时期院里该干的活儿早干得差不多了，所以让她们都回去了。"

这消息使我痛心疾首！我恨自己没有远见，为什么当初不问清"胖嫂"的姓名、地址？我更骂自己"没良心"，为什么在普天同庆的日子里没有首先想到她却光顾了自己"恢复艺术生命"，难道忘记了这"生命"中曾注入过"胖嫂"的暖流？我更以"阿Q"精神安慰着自己：或许很快就会见到她，好在我已重返舞台，可以随时请她观赏演出……

　　但是，上帝似乎故意要对我的"忘恩负义"进行惩罚，我竟再也没有见过"胖嫂"。屈指算来，如今她已年逾花甲，但我坚信，无论岁月使她怎样变化，我依然会从人堆里一眼认出她来。如果上苍有灵，使我们得以重逢，无论何时何地我都要使出浑身解数为她献舞。

　　啊！"胖嫂"，您在哪里？你可曾听到我心灵的呼唤……

敬　　启

　　因为某些技术上的原因,致使本书的个别作者尚未能联络上。敬请见书后,即与责任编辑联系,以便我们及时奉上样书与薄酬,并敬请见谅。